Trunken vor Lust

Inhalt

Paris mit dir 001

Trunken vor Lust I 039

Trunken vor Lust II 065

Trunken vor Lust III 095

Trunken vor Lust IV 127

Paris mit meinem Liebsten ♡ 147

Unser süßer Zeitvertreib 159

Nachwort 191

Paris
mit dir

UNSER GAST ...
HASP
HASP
DANKE, DASS SIE GEWARTET HABEN!
SCHÖN, DASS WIR UNS ENDLICH KENNEN-LERNEN. ICH HEISSE TAISEI ONOZUKA.
... KOMMT AUS JAPAN UND HAT INTERESSE DARAN, UN-SERE WEINE ZU IMPOR-TIEREN.
WIR HABEN BEREITS MITEINANDER TELEFONIERT UND E-MAILS AUSGE-TAUSCHT.

ES KOMMT MIR VOR, ALS WÜRDEN WIR UNS SCHON EINE WEILE KENNEN!
WIE SCHÖN SEIN SCHWARZES HAAR GLÄNZT.
OB DAS SEINE NATÜRLICHE HAARFARBE IST?
WAS TREIBT ER FÜR SPORT?
ER ERWÄHNTE MAL BEILÄUFIG, ER SEI VIER JAHRE ÄLTER ALS ICH. KAUM ZU GLAUBEN, SO SÜSS, WIE DER AUSSIEHT!
ICH BIN MIR SICHER...
WIR KÖNNEN GERNE JAPANISCH SPRECHEN.

?
... DAS SCHICK-SAL HAT UNS ZUSAM-MENGE-FÜHRT!
BITTE NENN MICH LUDOVIC.

Ä-ÄH...?
POCH
POCH
OH.
TUT MIR LEID.
IST EINE AN-GEWOHNHEIT VON MIR...
VERGISS ES EINFACH.
UND NUN BITTE, HIER ENTLANG.
KLACK
WILLKOMMEN IM UNSEREM PARISER BÜRO.

ENTSCHUL-
DIGEN SIE
DIE STÖR...
...UNG...
GUTEN
TAG, HERR
ONOZUKA.
ES MUSS
TRAUMHAFT
SEIN, MIT SO
EINER SCHÖNHEIT
ARBEITEN ZU
DÜRFEN!
DIE STRAPAZEN
MEINER REISE
SIND WIE WEG-
GEBLASEN!
BITTE, NEN-
NEN SIE MICH
MICHELLE.
SO VIEL ZU
UNSEREM
SCHICK-
SAL...

DANKE, DASS DU MICH INS HOTEL GE- BRACHT HAST, LUDOVIC.
SCHON NACH FÜNF MINUTEN REISST ES UNS AUSEINANDER...
...
BIS MORGEN DANN...
HEY.
WARTE MAL...
HAB ICH IRGENDWAS FALSCH GEMACHT?

ICH MÖCHTE, DASS WIR UNS GUT VERSTEHEN, LUDOVIC.
OJE...
WENN ICH DICH IRGENDWIE VERÄRGERT HABE, LASS ES MICH WIEDERGUTMACHEN.
FÜHR MICH NICHT IN VERSUCHUNG.
DU... KÖNNTEST MIR EINEN KUSS GEBEN.
WA...

ÄHM...
ICH GLAUBE, DANN WÜRDEN WIR UNS VIEL BESSER VER-STEHEN!
ZEIG MIR NOCH MEHR VON DIR!
!
SSST
ズイッ
MEINT DER DAS ETWA ERNST...?
WIE SÜSS DU GUCKST, WENN DU GRÜBELST!

BADOMM
BADOMM
KISS
W-WAR DAS GUT SO?
LUDOVIC...?

VER-
DAMMT...
HÄTTE NICHT GEDACHT, DASS DU DICH TRAUST.
KÜSST DU IMMER SO, TAISEI?
ER IST ZU SÜSS, UM WAHR ZU SEIN...
SCHÄM
KOMM!
HE!
D-DAS IST MEIN ZIMMER...

D-DU WOLL-TEST DOCH NUR EINEN KUSS...
EH?
WAS?!
TATSCH
ICH ZEIG DIR MAL, WIE DAS GEHT!

HN...
KISS
KISS
ZUCK
WARUM...
WARTE...

HN...
HAH!
SLPP
WA-WAS TUST DU DENN DA...?
UH...
GEFÄLLT DIR DAS...?
KISS
AH...
DEINE OHREN SIND GANZ ROT.
KNABBER
HAH...
HAH...

NEIN...
NICHT...
SEUFZ
WAS SOLL DAS...?
ICH... BIN DOCH GAR NICHT...
WEISST DU, TAISEI...

KÜSSEN ...
... KANN MAN NICHT NUR LIPPEN ODER WANGEN.
ICH GEHE NOCH WEITER...
WUSSTEST DU DAS?
WAS...
WAS SCHENKT ER MIR DANN FÜR EINEN BLICK?
AUCH HIER...
... FÜHLT SICH EIN KUSS UNGLAUBLICH GUT AN!
?!

DAS GE-
FÄLLT DIR
WOHL...
SLPP
HAM
AH...
SIEH AN!
...
MPH
MH!
MPH

HAH...
LASS MICH DICH NOCH MEHR KÜSSEN, OKAY?
GE...

GEH WEG!
DAS KANNST DU DIR ABSCHMINKEN!
WUMMS
BATAMM
BADOMM
BADOMM
WAS WILL ER DENN VON MIR...?
BADOMM

...
ICH WERD VERRÜCKT!
SO EIN GESICHT GEHÖRT VERBO-TEN.
ES IST ZU SÜSS...

ER BRINGT MICH UM DEN VER-STAND.
ICH MUSS IHN HABEN.
OH, DAS WAR KÖSTLICH!
UND DEN VERTRAG FÜR DEN WEINIM-PORT HABEN WIR AUCH UNTER DACH UND FACH. DAS FREUT MICH.

MICH AUCH.
DIES IST SEIN LETZTER TAG HIER.
SOLL ES SO ZU ENDE GEHEN?
DAS BERUHIGT MICH.
DAS WILL ICH NICHT...!
!
PATSCH
...
ENT-ENT-SCHULDIGE!

ÄH…
ICH… HABE NICHT'S GEGEN DICH ODER SO.
POCH
POCH
DU BIST WIRKLICH ZU SÜSS, TAISEI!
WAS?!
AHA?
TAISEI HAT SICH GEDANKEN ÜBER MICH GEMACHT?
!
BADOMM
DRÜCK

ICH WILL DICH NICHT EINFACH GE-HEN LASSEN!
BITTE KÜSS MICH NOCH EIN-MAL!

ABER... ICH FLIEGE MORGEN NACH HAUSE.
ES WÄRE BESSER, WENN DU MICH VERGISST.
KANNST DU...
... MICH DENN VERGESSEN?
SCHAFFST DU DAS?
UND DEN KUSS, DEN ICH DIR GEGEBEN HABE?

ICH KANN DAS...
... NICHT!
EINE WELT OHNE IHN KANN ICH MIR NICHT MEHR VOR-STELLEN!

A-ABER...
DU WARST SEITDEM IMMER TOTAL SCHLECHT DRAUF!
ICH MUSSTE MICHELLE NUR ANSE-HEN UND DU WARST MIES GELAUNT.
ICH KANN VERSTEHEN, DASS DU SIE ATTRAKTIV FINDEST...
... ABER ICH WOLLTE NICHT, DASS SIE MIR DICH WEG-SCHNAPPT.
WAS?!
SO IST DAS ALSO!
DANN HAB ICH MICH WEGEN DEINEN EIFER-SÜCHTELEIEN SO VERRÜCKT GEMACHT?
VERRÜCKT GEMACHT?

HNN...
K I S S
WEIL DU SO KOMISCH DRAUF WARST...
KISS ♡
HAH...

ICH HAB MICH DIE GANZE ZEIT GEFRAGT, WAS EIGENTLICH LOS IST!
DANN HAST DU ALSO DOCH AN MICH GEDACHT?
NEI...!
BLL
FWUSCH
ACH NEIN?
...

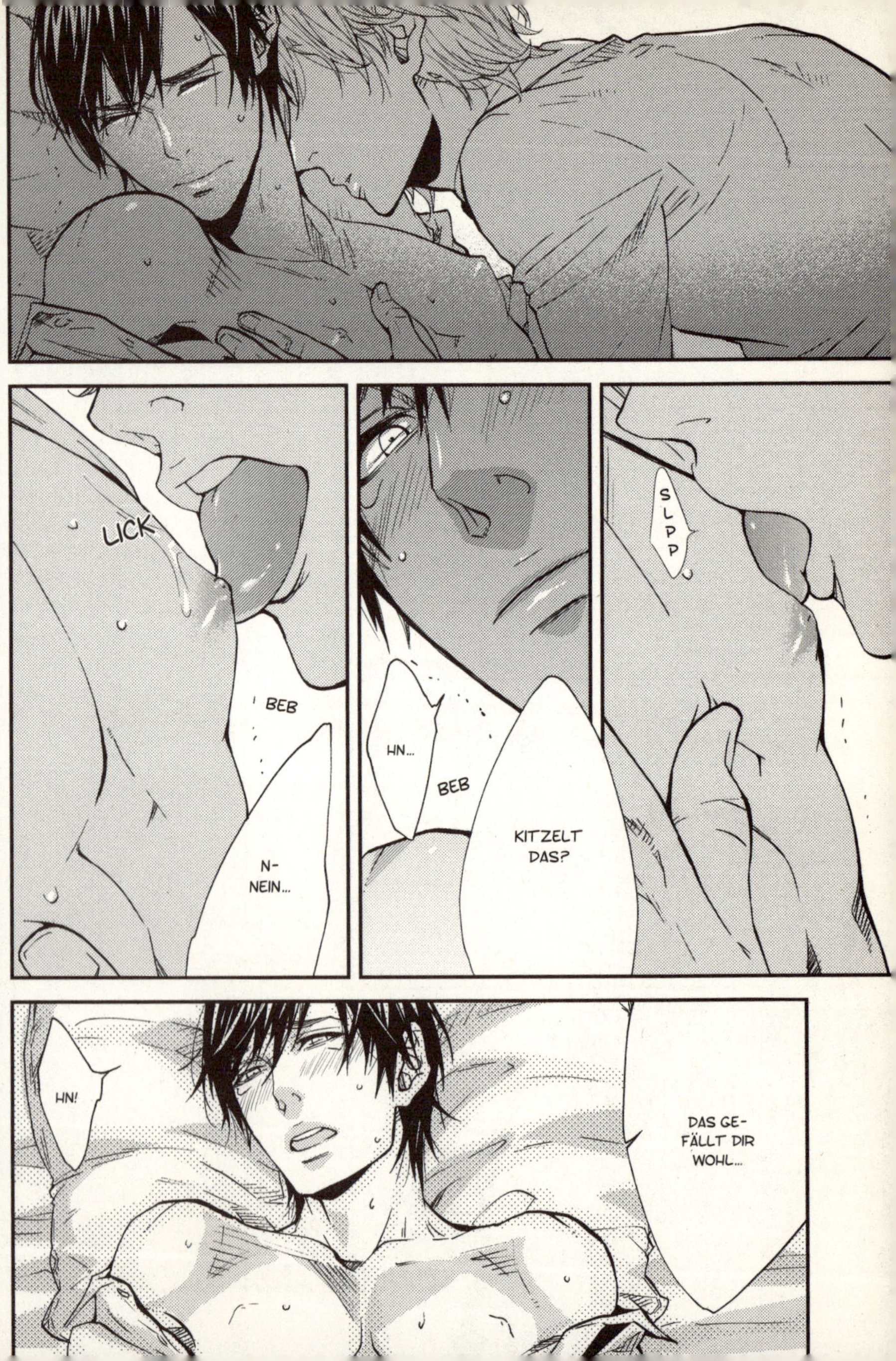
SLPP
KITZELT DAS?
HN...
BEB
LICK
BEB
N-NEIN...
DAS GE-FÄLLT DIR WOHL...
HN!

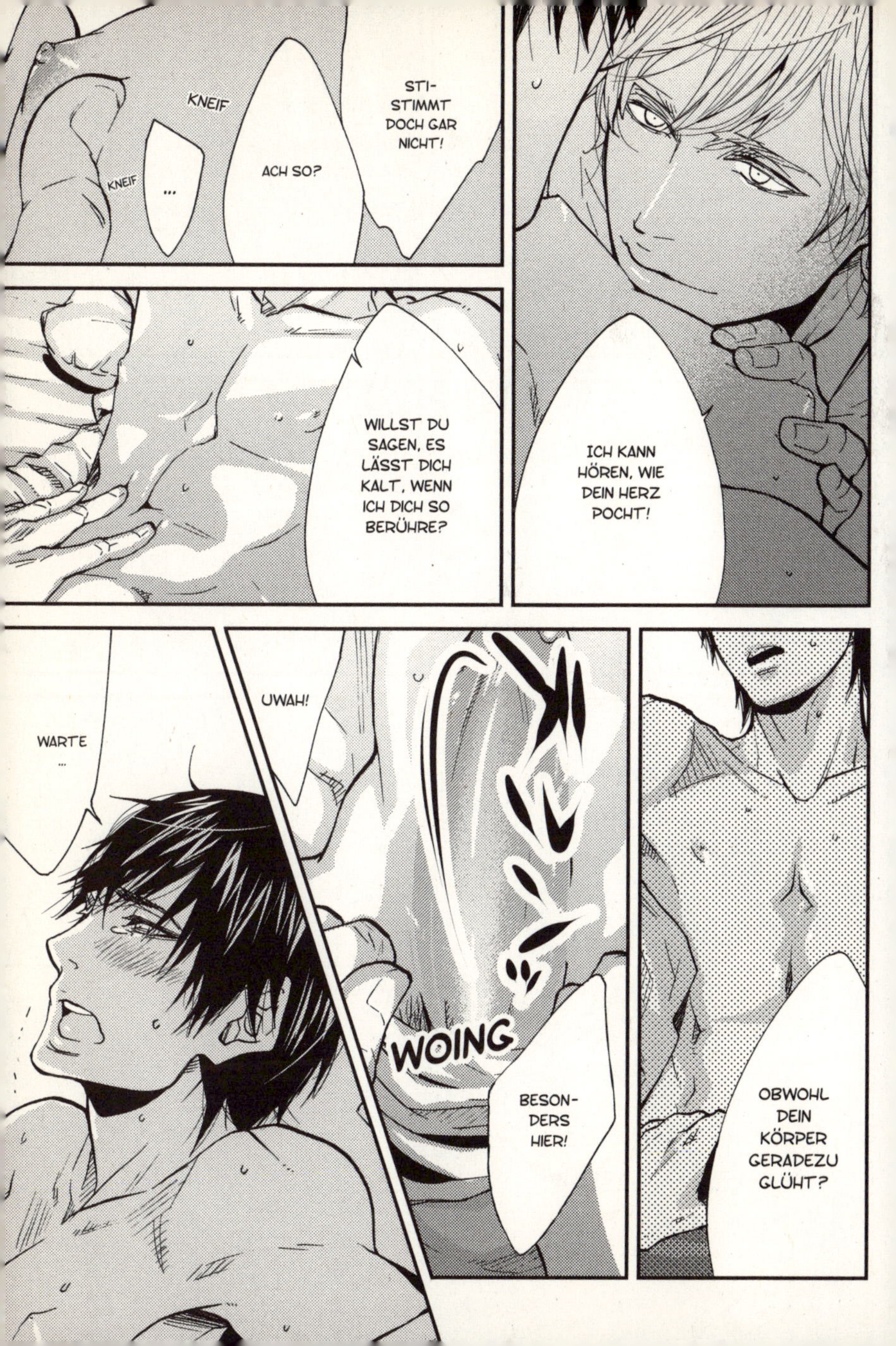
ICH KANN HÖREN, WIE DEIN HERZ POCHT!
STI- STIMMT DOCH GAR NICHT!
ACH SO?
KNEIF
KNEIF
...
WILLST DU SAGEN, ES LÄSST DICH KALT, WENN ICH DICH SO BERÜHRE?
OBWOHL DEIN KÖRPER GERADEZU GLÜHT?
BESON- DERS HIER!
WOING
UWAH!
WARTE ...

DEIN GESICHT IST WIE EIN OFFENES BUCH FÜR MICH...
... ES VERRÄT MIR ALL DEINE GEFÜHLE!
BITTE ZEIG MIR NOCH MEHR!
ICH WERDE DICH SO SEHR LIEBEN...
... DASS DU NIE WIEDER SAGEN WIRST, ICH SOLLE DICH VERGESSEN!

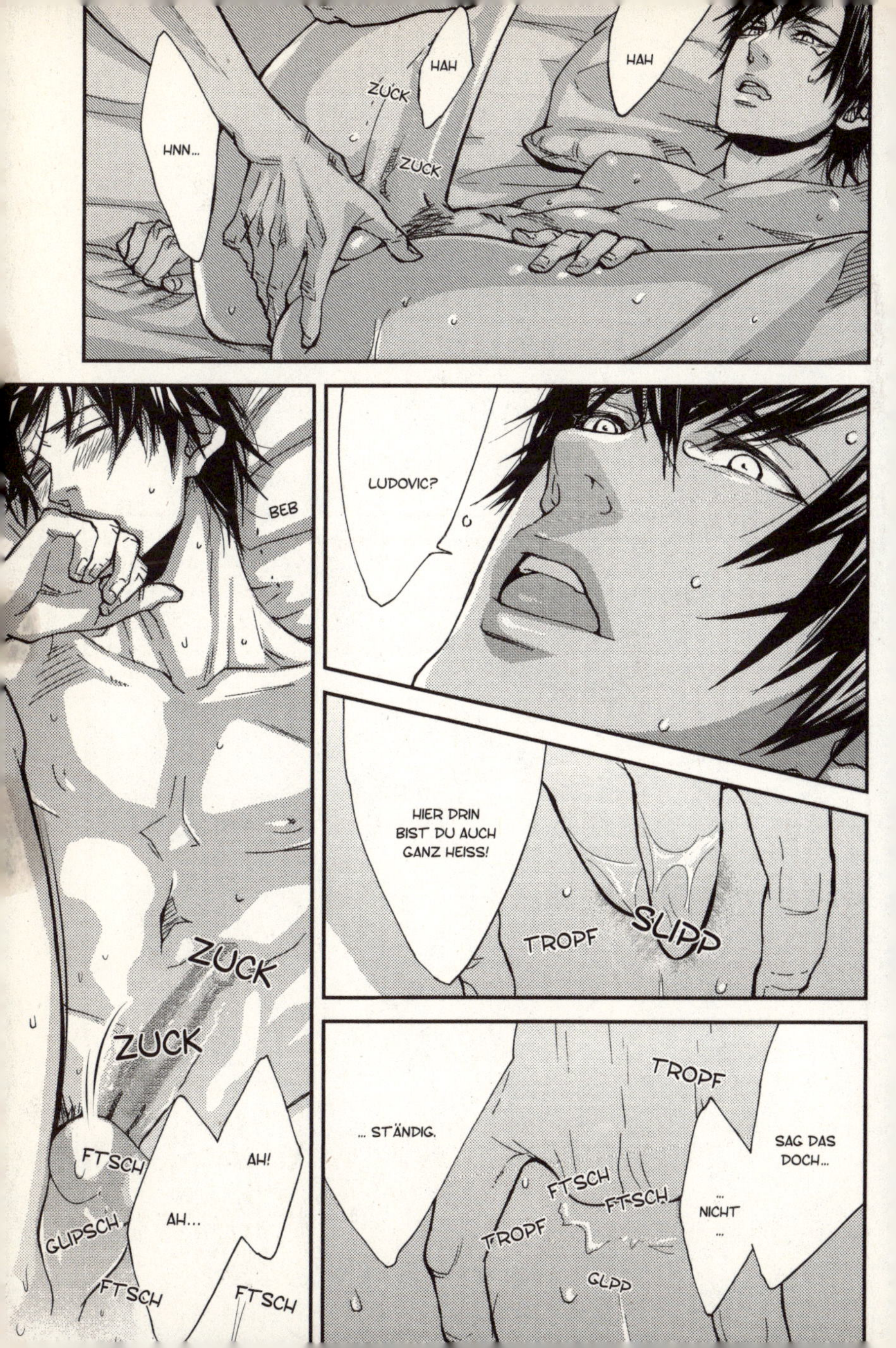
HAH
HAH
ZUCK
ZUCK
HNN...
LUDOVIC?
HIER DRIN BIST DU AUCH GANZ HEISS!
SLIPP
TROPF
TROPF
SAG DAS DOCH...
... NICHT ...
FTSCH
FTSCH
TROPF
GLPP
... STÄNDIG.
BEB
ZUCK
ZUCK
AH!
AH...
FTSCH
GLIPSCH
FTSCH
FTSCH

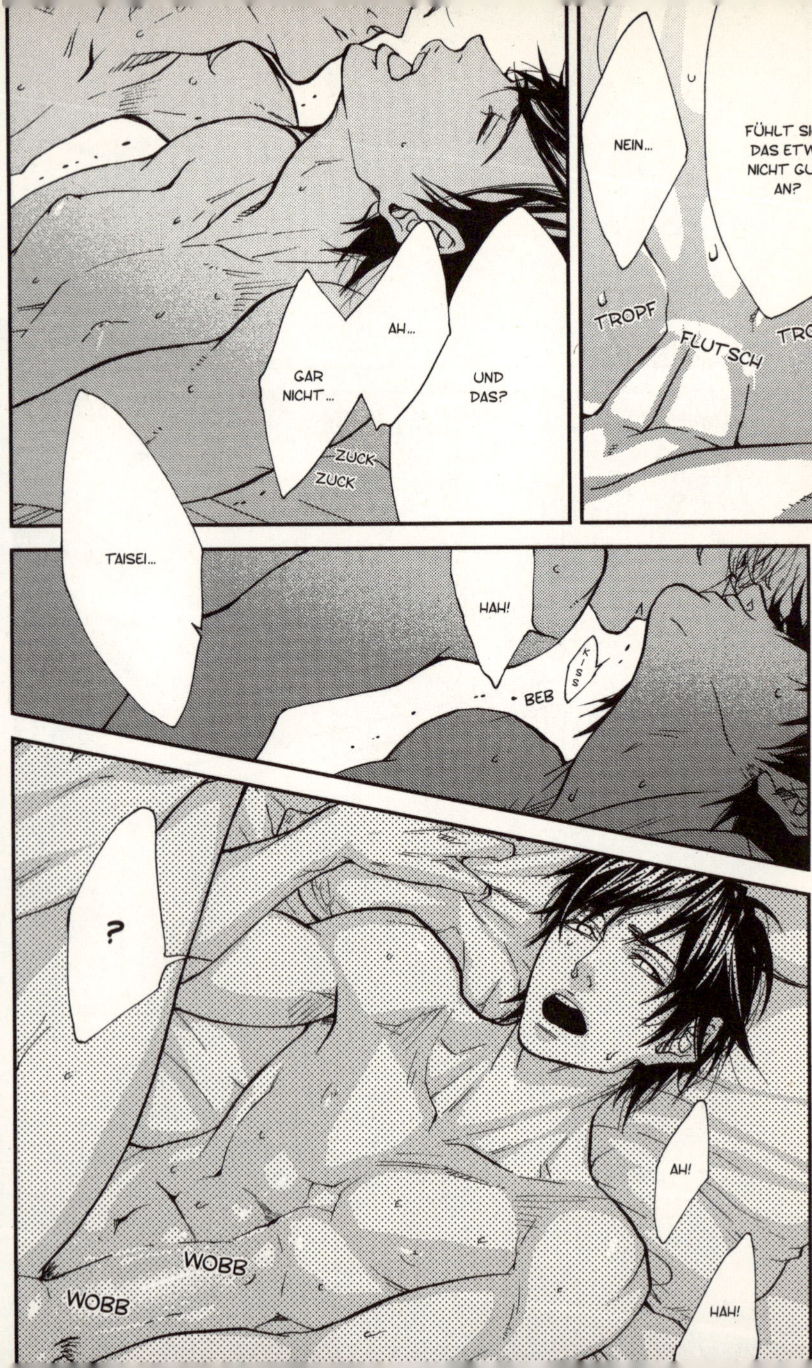

FÜHLT SICH DAS ETWA NICHT GUT AN?
NEIN...
TROPF
FLUTSCH
TROPF
UND DAS?
AH...
GAR NICHT...
ZUCK
ZUCK
TAISEI...
HAH!
KISS
BEB
?
AH!
HAH!
WOBB
WOBB

KZIMM
ICH ZEIGE DIR, WIE SEHR MICH DEIN GANZER KÖRPER BRAUCHT!
FLTSCH
HAH...
FWUPP
HNNN...

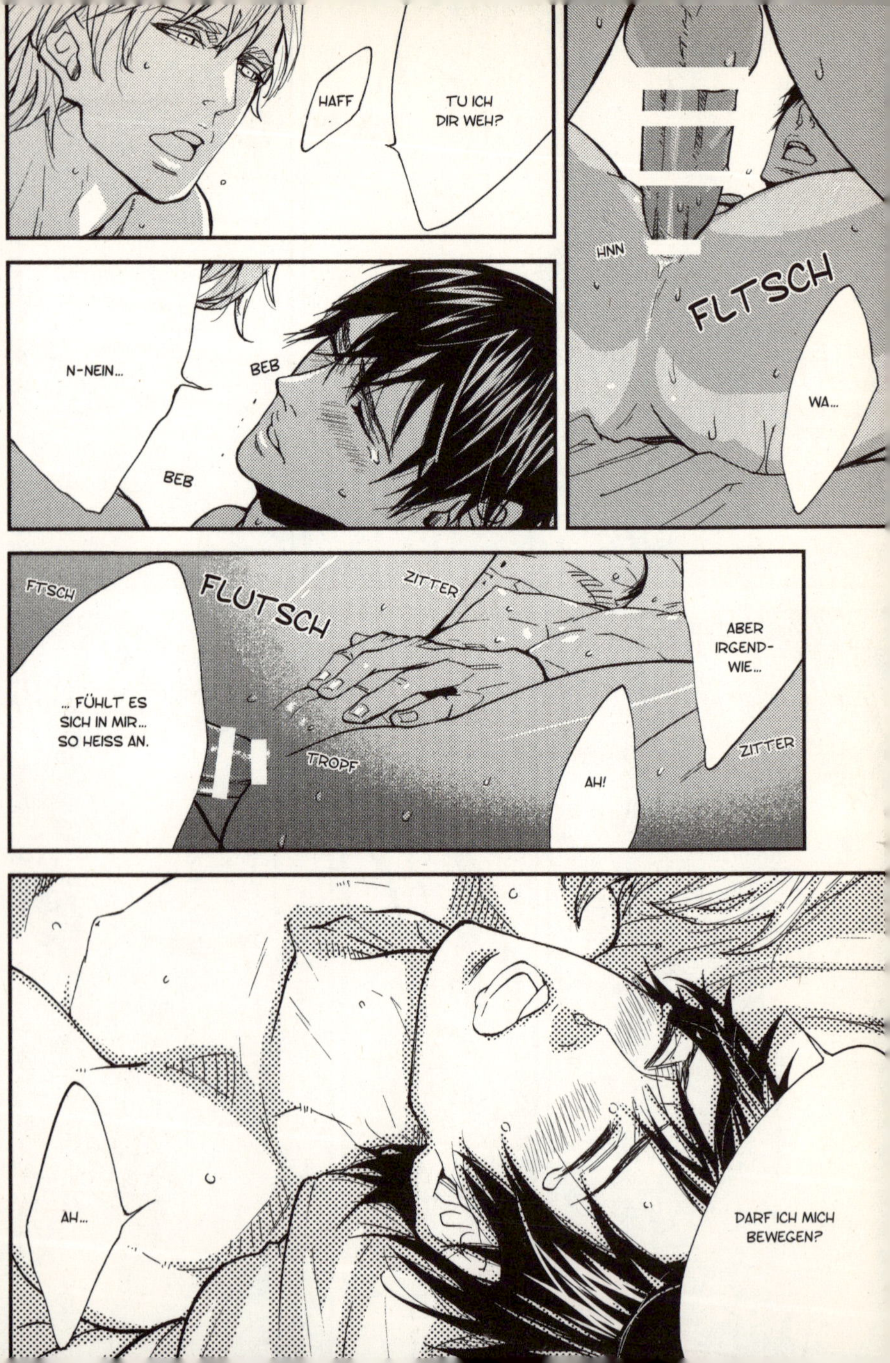
HNN
FLTSCH
WA...
TU ICH DIR WEH?
HAFF
BEB
N-NEIN...
BEB
ABER IRGEND-WIE...
ZITTER
ZITTER
AH!
FLUTSCH
FTSCH
... FÜHLT ES SICH IN MIR... SO HEISS AN.
TROPF
DARF ICH MICH BEWEGEN?
AH...

LUDOVIC...
KANNST DU MICH IN DIR SPÜREN?
KLAMMER
I-ICH SPÜRE DICH...
TAISEI...
ICH LIEBE DICH!
ICH WILL DICH NIE WIEDER LOSLASSEN!
ICH LIEBE DICH SO SEHR...

ICH KOMME DICH BALD BESUCHEN!
DU MUSST NICHT EXTRA NACH JAPAN KOMMEN...
ICH LIEBE DICH, TAISEI!
...!
ICH MEIN'S ERNST!
ALSO WARTE AUF MICH, JA?
Zwei Wochen später
BIN ZURÜCK!
HAB EINE GESCHÄFTSREISE NACH JAPAN EINGEFÄDELT!
RAUN
HUH?!
RAUN
?

Trunken vor
Lust
I

LUDOVIC!
KISS
KISS
NEIN...
NICHT HIER!
BLÖD-MANN...
WO DENN SONST?
SIEH DOCH...!
WIE SCHÖN SICH DEINE MUSKELN ABZEICHNEN!
HIER...
... UND HIER...
LASS DAS!
ICH WILL DOCH NUR EIN BAD NEHMEN!
BADEN WIR GEMEINSAM!

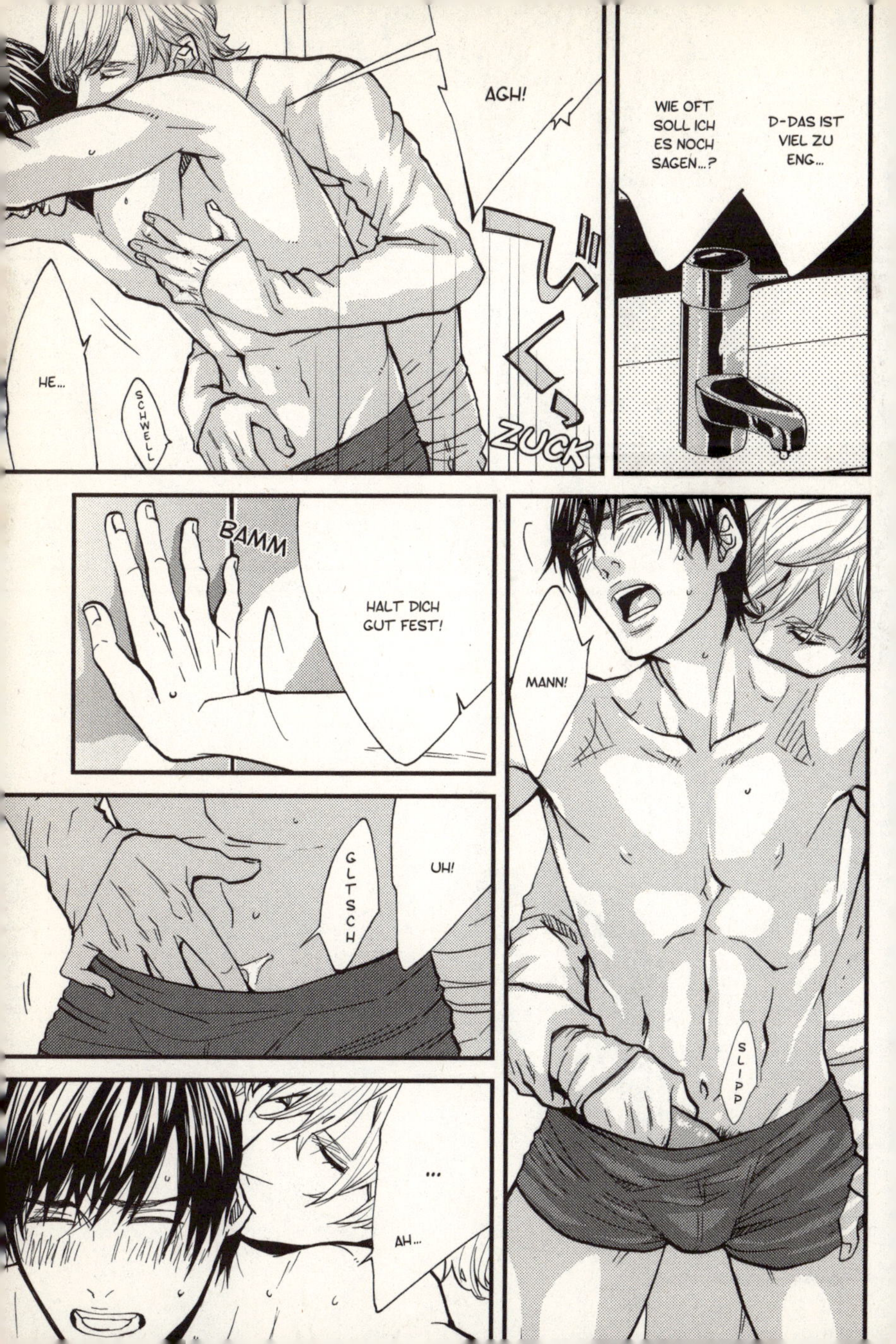
D-DAS IST VIEL ZU ENG...
WIE OFT SOLL ICH ES NOCH SAGEN...?
AGH!
ZUCK
SCHWELL
HE...
MANN!
SLIPP
BAMM
HALT DICH GUT FEST!
UH!
GLTSCH
...
AH...

HAPP
ZITTER
HAPP HAPP
BEB
BEB
AH…
SCHÄM
WARTE…
DU MAGST ES, GEBISSEN ZU WERDEN, ODER?
WAS?!
SO SPÜRST DU DOCH VIEL MEHR, HAB ICH RECHT?
ICH… SPÜR AUCH SO GENUG!
ZZZT

HAH!
REIB
REIB
HAH
ICH KANN SEINEN SCHWANZ SPÜREN...
HASP
STECK IHN MIR REIN...
KANNST DU DAS AUCH IM SPIEGEL SEHEN, TAISEI?
NEIN, KANN ICH NICHT...
ICH...
... KOMME.
HAAAH
TROPF
HAH
...

HAH
HAAAAH
ICH LERNTE LUDOVIC BEI EINER GE-SCHÄFTSREISE NACH PARIS KENNEN.
UNGLAUBLICH FORSCH UND LEIDENSCHAFT-LICH HAT ER MICH GESCHNAPPT...
KISS
ICH WILL DICH NICHT EINFACH GEHEN LASSEN!
...UND MICH VERFÜHRT.
BIS WIR SCHLIESS-LICH EIN PAAR WURDEN.
ICH BIN GE-KOMMEN!

?!
ICH MUSSTE DICH SEHEN, TAISEI!
ABER... WIR HABEN DOCH TÄGLICH TELEFONIERT.
ICH WOLLTE DICH ÜBERRASCHEN!
LEIDER MUSS ICH GLEICH WIEDER LOS...
RAUN
RAUN
... ABER AB APRIL ARBEITE ICH AUCH IN JAPAN!

HAH
HAH
DAS WAR EINE GANZ SCHÖN GROSSE LADUNG! ♡
HAH
HAH
DU VER-RÜCKTER...!
HAH
HAH
ICH HÄTTE GERN RICH-TIGEN SEX GEHABT...
ZUCK...
ZUCK
HEY...
WOLL-TEST DU NICHT BADEN?
KOMM SCHON!
ALSO ECHT, DAS...
... HAST DU ABSICHT-LICH GETAN, ODER?
?

WER WEISS! ♡
WAS WILLST DU...
... MIT MIR TUN?
KISS
KISS
BADOMM
TAISEI...
BADOMM
GIBT ES ETWAS, DAS ICH FÜR DICH TUN KANN?
ICH...

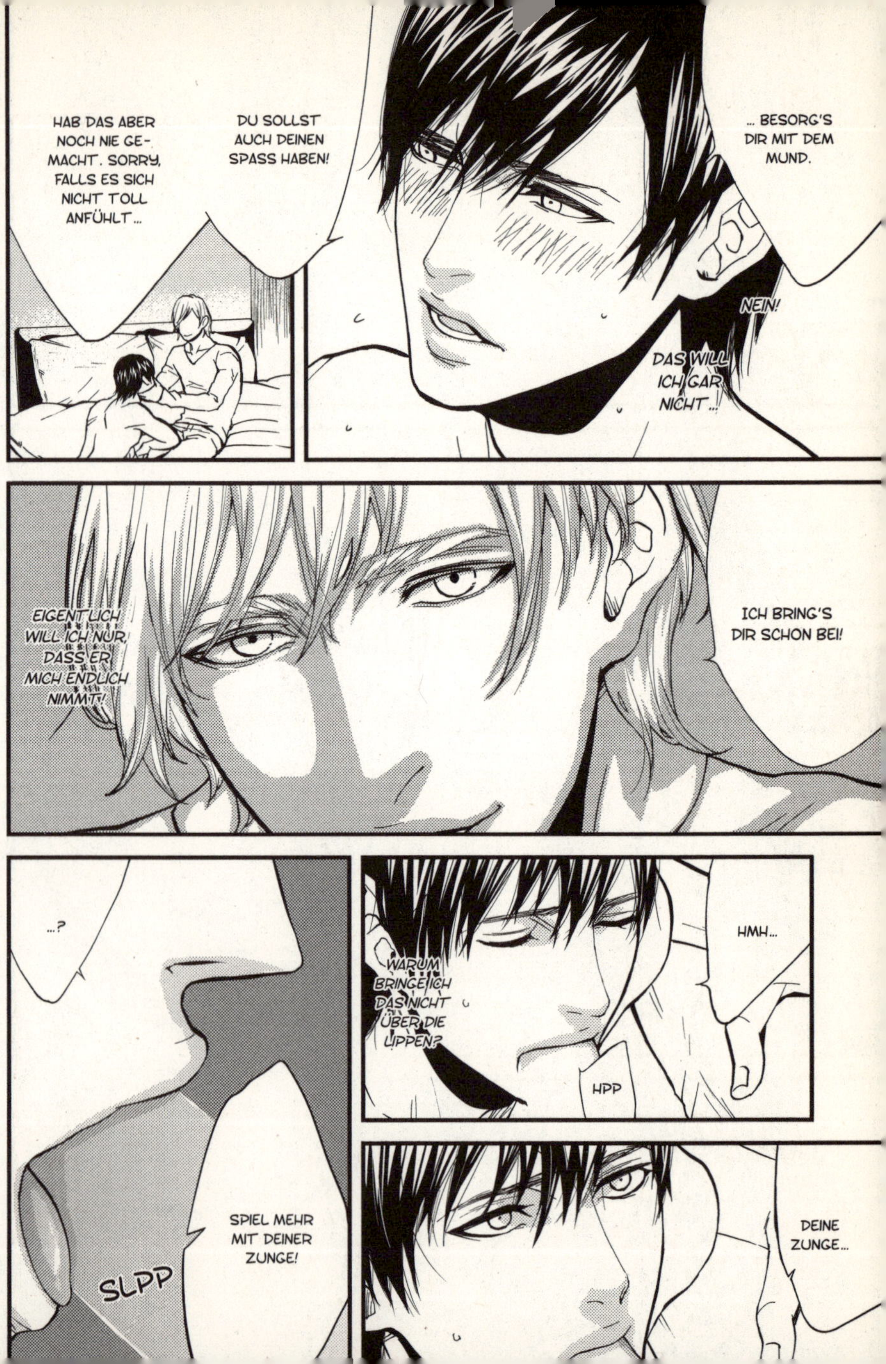
... BESORG'S DIR MIT DEM MUND.
NEIN!
DAS WILL ICH GAR NICHT ...
DU SOLLST AUCH DEINEN SPASS HABEN!
HAB DAS ABER NOCH NIE GE-MACHT. SORRY, FALLS ES SICH NICHT TOLL ANFÜHLT ...
ICH BRING'S DIR SCHON BEI!
EIGENTLICH WILL ICH NUR, DASS ER MICH ENDLICH NIMMT!
HMH...
WARUM BRINGE ICH DAS NICHT ÜBER DIE LIPPEN?
HPP
DEINE ZUNGE...
...?
SPIEL MEHR MIT DEINER ZUNGE!
SLPP

LANGSAM...
AH
CHLPP
AH
GLP
WUSCHEL
DU MUSST IHN NICHT...
... GANZ IN DEN MUND NEHMEN.
LECK
BEB
HN!
ABER SCHON GUT...
GLPP
GLPP
TAISEI...
DAS FÜHLT SICH SO GUT AN...
AH
HAH!
ZU SEHEN, WIE SEHR LUDOVIC ES GENIESST, ERREGT MICH AUCH...
BWAH

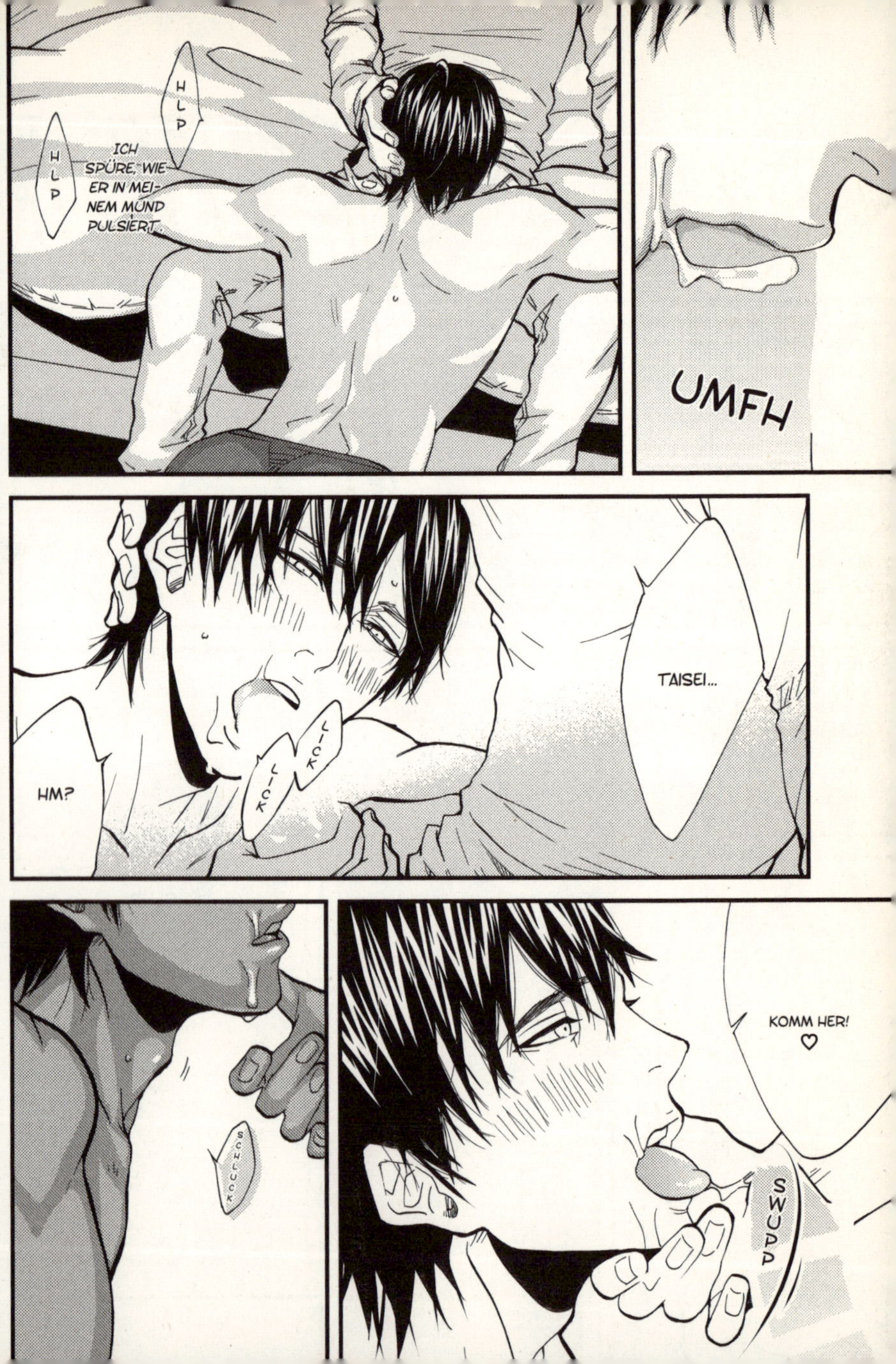
UMFH
HLP
HLP
ICH SPÜRE, WIE ER IN MEI-NEM MUND PULSIERT.
TAISEI...
LICK
LICK
HM?
KOMM HER! ♡
SWUPP
SCHLUCK

PATSCH
KISS
HN...
HM!
NHH...
AH...
HAH
FTSCH
SLIPP
GLITSCH
FTSCH
HAH!
HAH
FTSCH
LUDO ...
FLPP
FLPP
HAH...

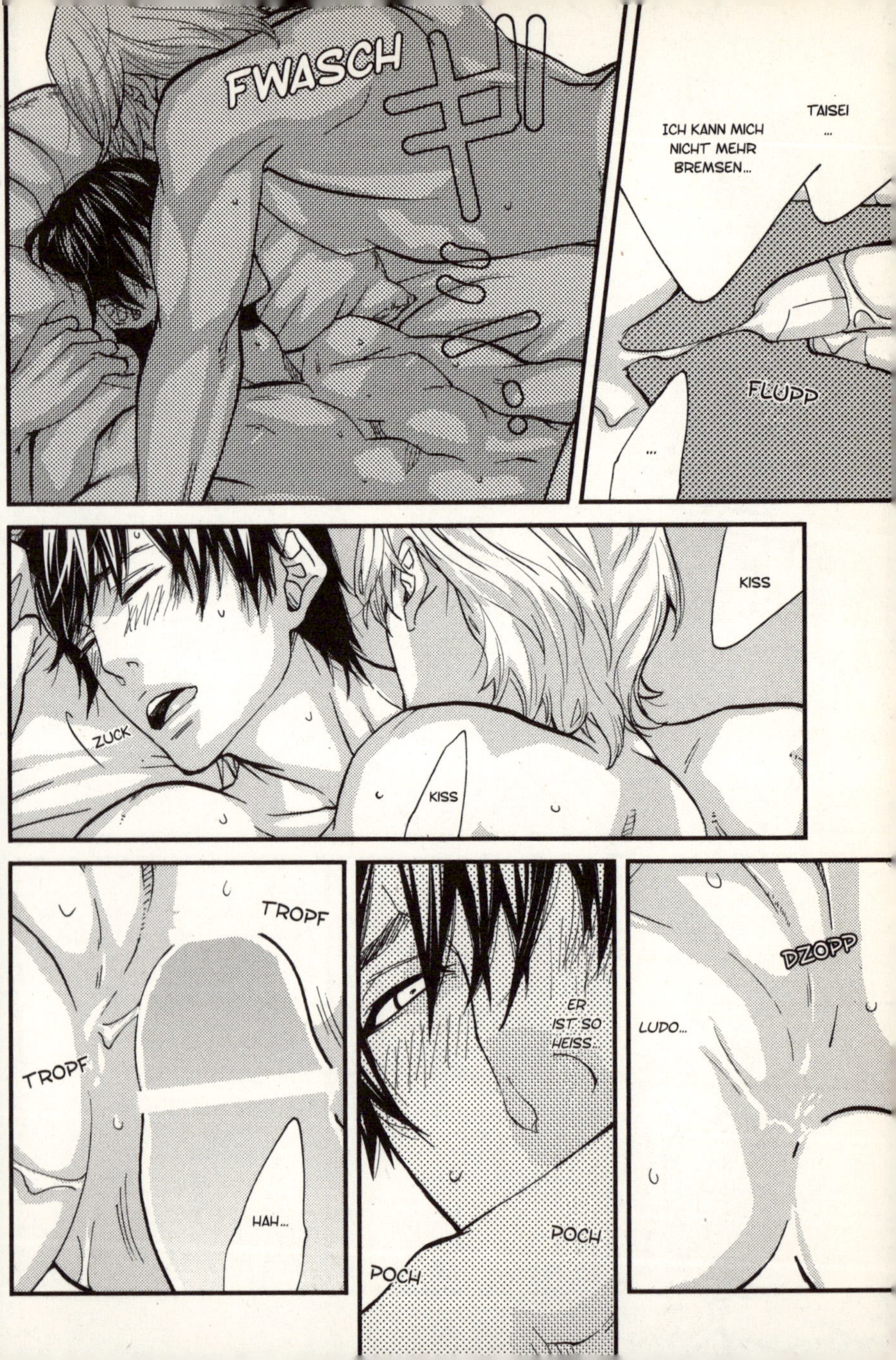

TAISEI ...
ICH KANN MICH NICHT MEHR BREMSEN...
FLUPP
...
FWASCH
KISS
KISS
ZUCK
DZOPP
LUDO...
ER IST SO HEISS...
POCH
POCH
TROPF
TROPF
HAH...

AH...
PZMM
WAPP
WAPP
ZUCK
AH...
HAH
TAISEI...
PZMM
HAH
PZMM
PZMM
HAH!
AH!
DZATT
DU WIRST IMMER VER-SAUTER! ♡
HN!
DZATT
HUH...?
KAUM HAB ICH IHN REINGE-STECKT...

BAMM
... WIRST DU INNEN SCHON GANZ HEISS!
I...
ICH BIN NUN MAL...
BAMM
HAH
HAH
AH!
ZUCK
HA...
DEIN TEIL...
ZUCK ZUCK
FTSCH
FATSCH
NEIN!
FTSCH
FTSCH
GLTSCH
GLTSCH
NICHT ...!
HAH

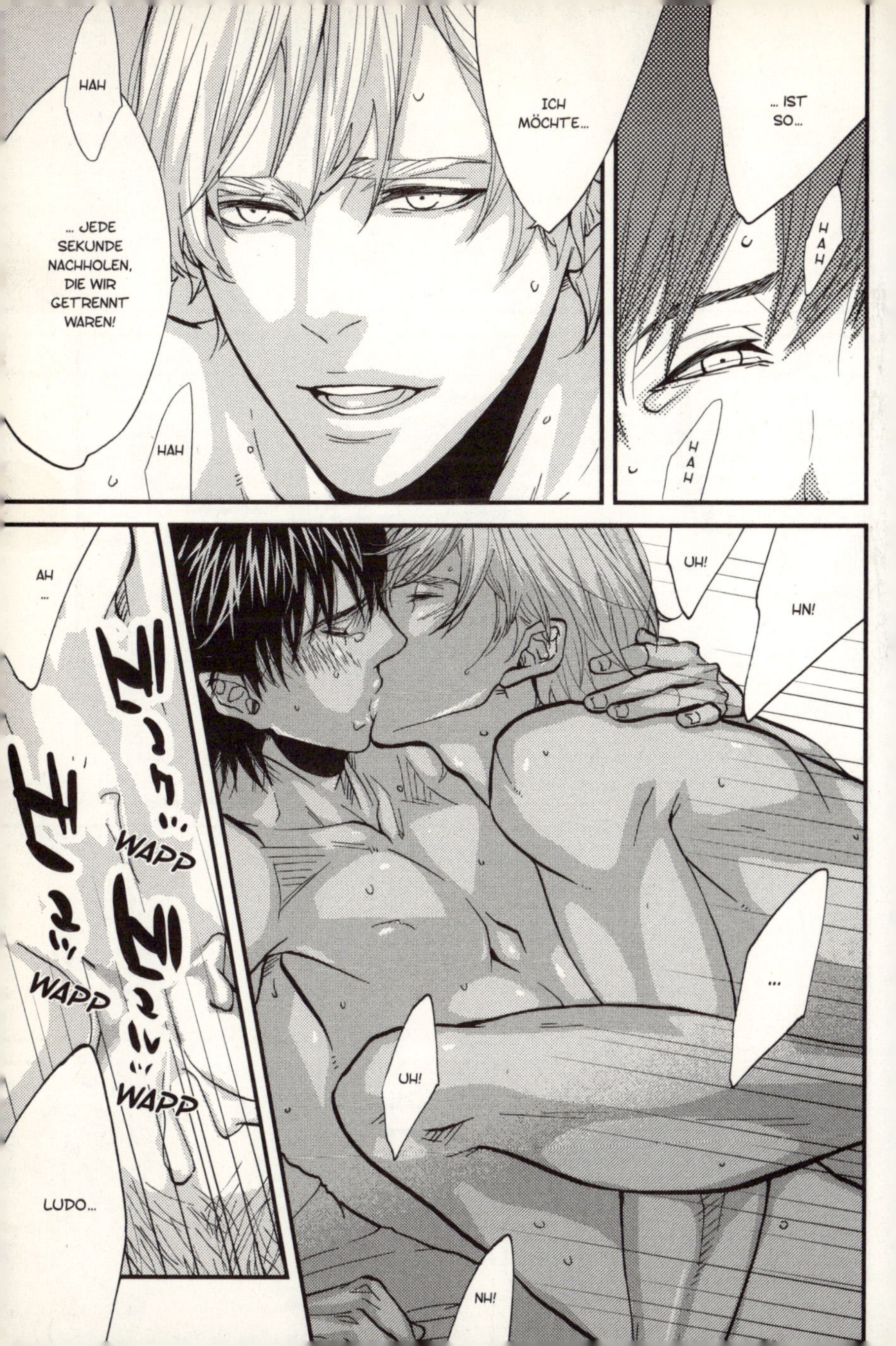
... IST SO...
HAH
HAH
ICH MÖCHTE...
... JEDE SEKUNDE NACHHOLEN, DIE WIR GETRENNT WAREN!
HAH
HAH
UH!
HN!
...
UH!
NH!
AH ...
WAPP
WAPP
WAPP
LUDO...

BLINZEL
HNAH...
SWUPP
GUTEN MORGEN, MEIN LIEBER TAISEI! ♡
AUCH WACH? WIE SÜSS DU AUCH HEUTE AUSSIEHST! ♡
ICH WERD DAS GEFÜHL NICHT LOS, DASS WIR GESTERN ETWAS TOTAL VERSAUTES GETAN HABEN.
KISS
KISS
LÄCHEL
ICH HAB UNS FRÜHSTÜCK GEMACHT.
SNIFF

WOW, DAS SIEHT WIRKLICH LECKER AUS!
ABER WAS IST DAS...?
EIN FEHL-SCHLAG.
AHAHA, HAB'S ZUM ERSTEN MAL PROBIERT UND ES GING VOLL IN DIE HOSE.
WAS DAS WOHL WERDEN SOLLTE?
HAST DU DICH AN DIE ARBEIT IN JAPAN GE-WÖHNT?
JA.
ABER OHNE DICH FÜHLE ICH MICH GANZ SCHÖN EINSAM.
WÄRE COOL, WENN WIR ZUSAMMEN-ARBEITEN KÖNNTEN!
JA!

ICH GEH DANN MAL!
TAISEI...!
HÄTTE ICH DICH NICHT GETROFFEN, WÄRE ICH NIE ZUM ARBEITEN NACH JAPAN GEGANGEN.
DOCH SEIT ICH DICH KENNE...
... IST JEDER TAG...
... EIN GE-SCHENK DES HIMMELS!
ICH LIEBE DICH, TAISEI!
KISS
UND JETZT GEH ZUR ARBEIT! ♡
SCH-SCHLIESS BITTE AB, WENN DU RAUSGEHST, JA?
OKAY!

GRINS
GRINS
WAS IST DENN MIT DEM LOS?
SEIT APRIL HÖRT DER NICHT MEHR AUF ZU GRINSEN...
FRÜH-LINGS-GE-FÜHLE ...
SCHWÄRM
SAG MAL, LUDO...
... WILLST DU WIRKLICH FÜR IMMER IN JAPAN BLEIBEN?
SOLANGE DU HIER BIST, JA.
...

ABER WENN DU AUS JAPAN WEGMÖCHTEST ...
... FOLGE ICH DIR.
NANU?
BIST DU SCHON BESCHWIPST?
BADOMM
SST
WENN DU...
... BETRUNKEN BIST, DANN...

WAS DANN...?
VRRR
VRRR
OH.
SORRY, IST MEINE FIRMA!
O MANN!
HAAAAH
OBWOHL WIR SCHON EINEN MONAT ZUSAMMEN-WOHNEN, HAB ICH MICH NOCH NICHT DARAN GEWÖHNT.
WARUM HAB ICH STÄNDIG HERZKLOP-FEN?
ALSO, ECHT!
GULP
WENN ER MICH ANSIEHT, KOMM ICH UM VOR AUFREGUNG!
POCH
POCH
POCH
SCHMECKT DIR APEROL SO GUT?
HM?

WEISST DU, MEIN OPA HAT APEROL ERFUNDEN.
IM ERNST?
ICH GLAUB SCHON.
ÄH...
RAN-SCHMEISS
HEY...
DÜRF-TE ICH MICH...
... HEUTE NACH DER ARBEIT AN DEINE BREITEN SCHULTERN SCHMIEGEN?
OH, ÄH...
NEIN...
ZU-RÜCK-WEICH
ICH BIN GIULIANO, DER BARTENDER HIER. UND DU...?
DU BIST ZUM ERSTEN MAL HIER, ODER?
SO WAS HÜB-SCHES SIEHT MAN HIER SEL...
!

LUDO...!
BONK
ENT-SCHULDIGE, TAISEI...
HOPPLA.
?
TUT MIR LEI...
ALLES IN ORD-NUNG?
KOMM, TAISEI, GEHEN WIR NACH HAUSE! ♡

BIS BALD! ♡
TAP
OKAY. SCHÖNEN FEIERABEND!
WARTE!
EH?
MEIN PRINZ!
?!

Trunken vor Lust
II

MEIN LEBEN WAR WIRKLICH EIN TRAUM.
MEIN PRINZ!
DU BIST GEKOMMEN, UM MICH ABZUHOLEN!
IN FRANKREICH GIBT'S KEINE PRINZEN!
O DOCH!
DU...! DU BIST MEIN PRINZ!
BIS WIR ANFINGEN, IN DIESE BAR ZU GEHEN...
KISS
KISS
BISE!
LUDOVIC ...!
ICH FREU MICH, DICH WIEDERZUSEHEN!

WOZU BIN ICH ÜBERHAUPT MIT-GEKOMMEN?
DIE BAR LIEGT MEHR ODER WENIGER AUF UNSEREM HEIMWEG.
APRILE
HEY, LUDOVIC!
...
WOLLTE NUR DEINEN NAMEN RUFEN! ♡
LUDO FÜHLT SICH HIER WOHL, WEGEN DER VIELEN AUSLÄNDISCHEN GÄSTE...
TAISEI, FINDEST DU NICHT, DASS DANIELE...
... ETWAS ANHÄNGLICH, ABER ZUCKER-SÜSS IST?
KANNST DU LAUT SAGEN!

DANIELE IST SO EIN NIEDLICHER KERL!
WARUM WERDET IHR KEIN PAAR?
DER UND SÜSS?
GEHT NICHT!
ICH HAB SCHON EINEN FREUND!
ÄH...
ACH SO?
AH!
VER-STEHE!
LASS MICH AUCH MAL, GIULIANO!
ICH WILL AUCH MIT LUDOVIC...
LOS, WIR HABEN KUND-SCHAFT!
WAS ZUM...
GRMBL

HEY, HEY, LUDOVIC!
HM?
DU BIST IM WEIN-GESCHÄFT, ODER?
JA.
BRINGST DU MIR ETWAS ÜBER FRANZÖSISCHEN WEIN BEI? ♡
GIULIANO HAT MIR SCHON VIEL ÜBER ITALIE-NISCHE WEINE ERZÄHLT ...
... ABER ICH WILL MEHR ÜBER FRAN-ZÖSISCHE WISSEN! ♡
VON MIR AUS!
...

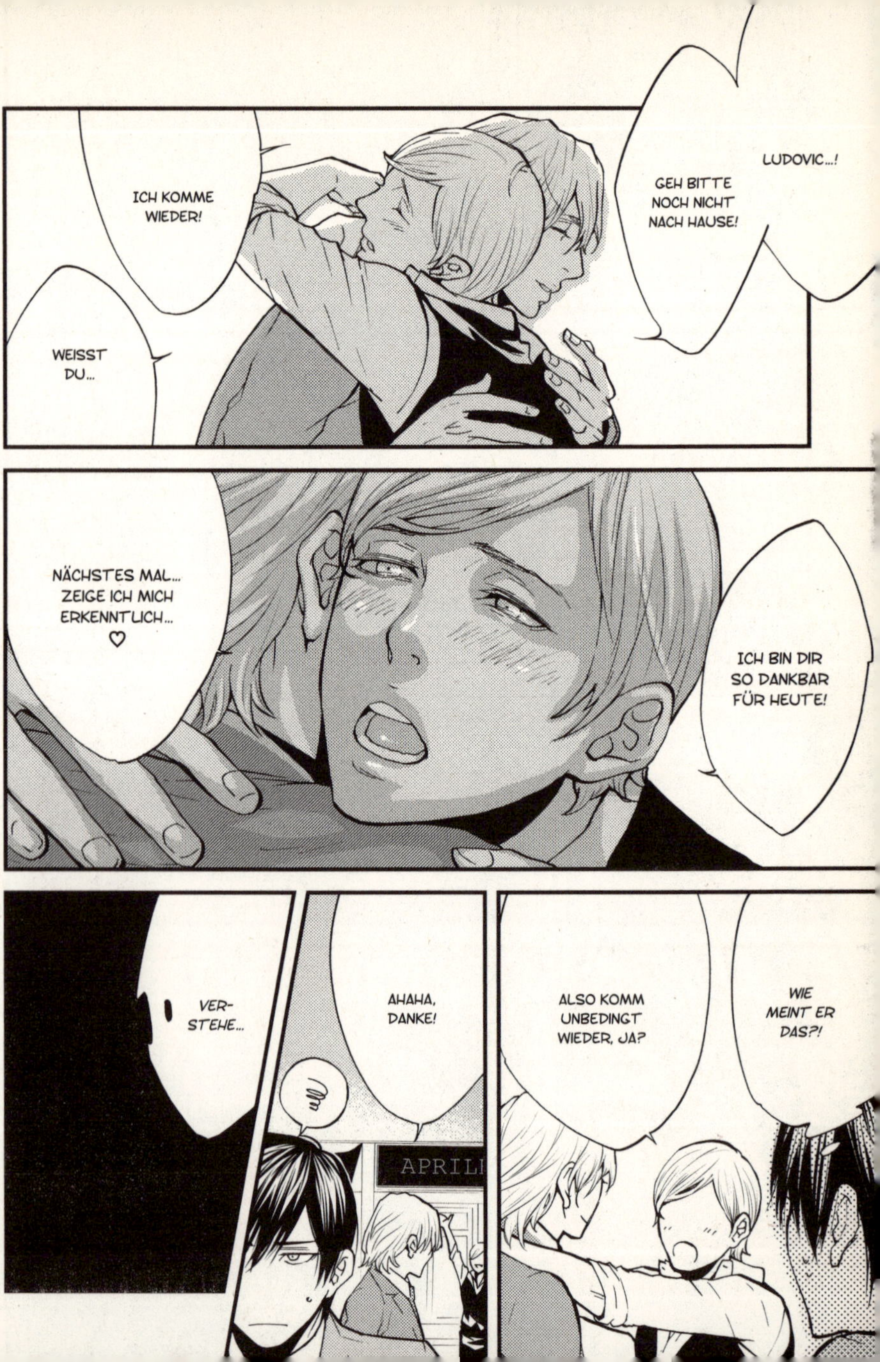
LUDOVIC...!
GEH BITTE NOCH NICHT NACH HAUSE!
ICH KOMME WIEDER!
WEISST DU...
ICH BIN DIR SO DANKBAR FÜR HEUTE!
NÄCHSTES MAL... ZEIGE ICH MICH ERKENNTLICH... ♡
WIE MEINT ER DAS?!
ALSO KOMM UNBEDINGT WIEDER, JA?
AHAHA, DANKE!
VER-STEHE...

IST JA NORMAL, DASS LUDO NOCH ANDERE MEN-SCHEN TRIFFT.
NICHT NUR DANIELE, SONDERN AUCH...
... MEN-SCHEN, VON DENEN ICH NICHTS WEISS.
ABER ICH WILL, DASS ER NUR MICH SO FRÖH-LICH ANSIEHT...
HAB ICH DAS GERADE WIRKLICH GEDACHT...?
?

TAISEI?
BADOMM
...
ER IST SO EIN TOLLER MANN...
NATÜRLICH FÄLLT DAS AUCH ANDEREN AUF...
!
ABER LUDO GEHÖRT MIR. ICH WILL IHN FÜR MICH AL-LEIN HABEN!
ESSEN WIR NOCH EIN EIS?
EH?
DU SIEHST AUS, ALS BRAUCH-TEST DU EINS.
WAS KANN ICH TUN, DAMIT LUDO NUR NOCH AUGEN FÜR MICH HAT?

ICH MUSS SELBST DIE INITIATIVE ERGREIFEN!
IST SO UNGE-WOHNT ...
... DASS DU MICH VON DIR AUS KÜSST.
AB UND ZU SOLLTE ICH IHN MAL VER-WÖHNEN!

LU-LUDO!
PATT
JA?
BLINZEL
I...
ICH LIEBE DICH!
!
TAISEI...

G-GUT...!
ER FREUT SICH, ODER?
UND...
... AUSSER-DEM...
ICH BIN GANZ OHR!
VER-DAMMT!
ICH HAB MICH HINREISSEN LAS-SEN UND JETZT FÄLLT MIR NICHTS PASSENDES EIN...
ÄHM...
GENAU! NEULICH MEINTE ER DOCH, DASS IHM DAS SO GEFALLEN HAT...
GRIPP
?

RASCHEL
TAISEI?
ICH WEISS, DIE UMARMUNGEN UND KÜSSE GEHÖREN ZUR BEGRÜSSUNG...
ES IST TEIL DER KULTUR SEINER HEIMAT...
... DASS MAN SCHNELL MIT ANDEREN FLIRTET.
HNN!
HLP
GLP
DAS ALLES WEISS ICH ABER.
ZUCK
HN!
TROPF
TUT MIR LEID...

ALLES OKAY?
SPUCK'S EINFACH AUS...
ICH WILL, DASS DU MIR GANZ ALLEIN GEHÖRST...
SCHLUCK
HAB'S GE-SCHLUCKT...
WHOA... WAS TU ICH HIER EIGENT-LICH...
ERRÖT
TAISEI...

!
WOLLTEST DU VORHIN NICHT NOCH WAS SAGEN?
WAS DAS GENAU WAR...
... WÜRDE ICH GERNE IM BETT VON DIR HÖREN!
WISCH
...

KISS
KISS
SAG MAL...
... IST IRGENDWAS PASSIERT?
NEIN, GAR NICHTS.
WAS...?
ÜBERLASS HEUTE EINFACH ALLES MIR!
LICK

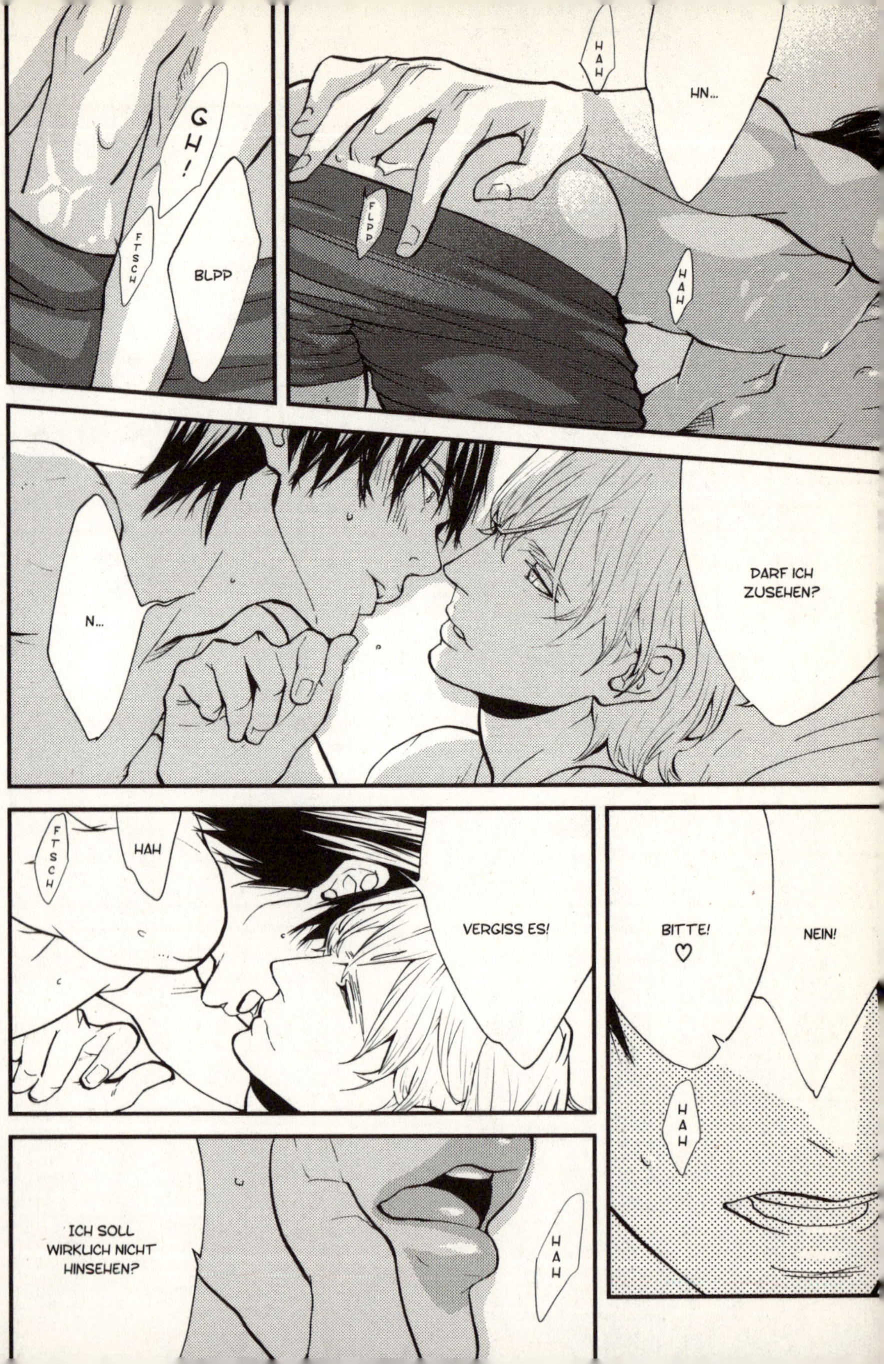
HAH
HN...
HAH
FLPP
GH!
FTSCH
BLPP
DARF ICH ZUSEHEN?
N...
NEIN!
BITTE! ♡
HAH
VERGISS ES!
HAH
FTSCH
HAH
ICH SOLL WIRKLICH NICHT HINSEHEN?

!
KISS
HAH
ICH KÜSSE DICH, DANN SIEHST DU NICHTS MEHR!
UH...
HN...
KISS
KISS
HNN!
KISS
UH...
...LP...
FWAH!
DARF ICH JETZT GUCKEN?
MUSST DU NICHT!
HN!
FTSCH
HAH
HAH

HN!
KH!
GLIPSCH
WOBB
WOBB
BEB
BEB
HAAH!
HAH!
TRIEF
HN...
DZTT
DZTT
GHN
FTSCH
FTSCH
HAH...
ER IST...
HAH
HAH
BEB
BEB
HAH
... GANZ TIEF IN MIR DRIN.
HAH

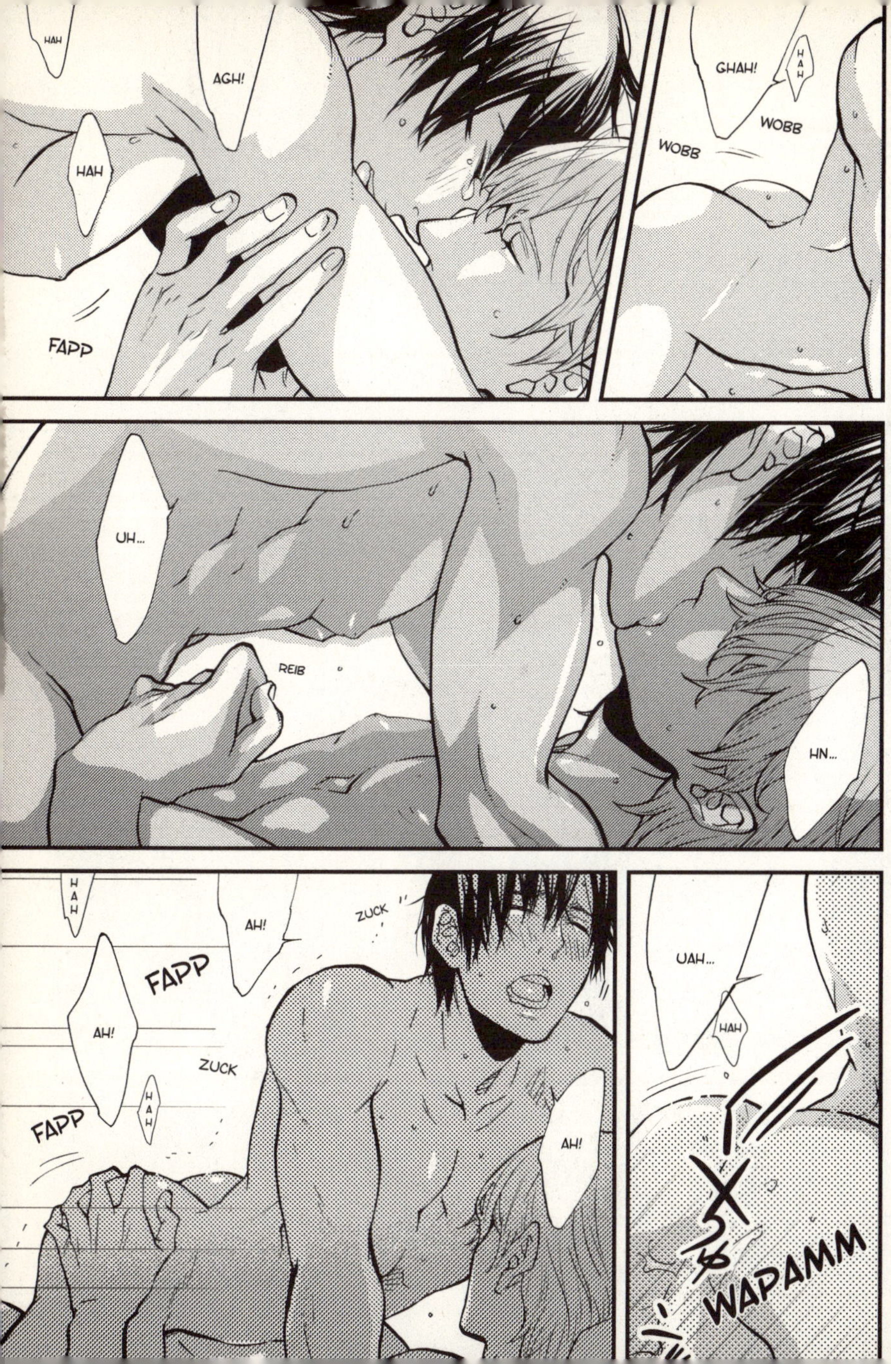
GHAH!
HAH
WOBB
WOBB
HAH
AGH!
HAH
FAPP
HN...
REIB
UH...
UAH...
HAH
WAPAMM
HAH
AH!
ZUCK
FAPP
AH!
ZUCK
HAH
FAPP
AH!

ICH HAB GESAGT, DU SOLLST ...
HAH
BEB
... MICH MACHEN LASSEN!
BEB
HAH
ICH KANN NICHT ANDERS!
ICH WILL DICH DOCH AUCH VERWÖHNEN!
HAH
LUDO...
HAH
HAH
AH...
ZPAMM
FTSCH
NEIN...
BAMM
BAMM
HAH...

LUDO...
HAH
FÜHLT SICH DAS GUT FÜR DICH AN?
HN...
AH!
JA! ♡
HAH
HEY...
PACK
ZUCK
NICHT!
FINGER WEG!
BEB
HM...
?
MH!
KISS

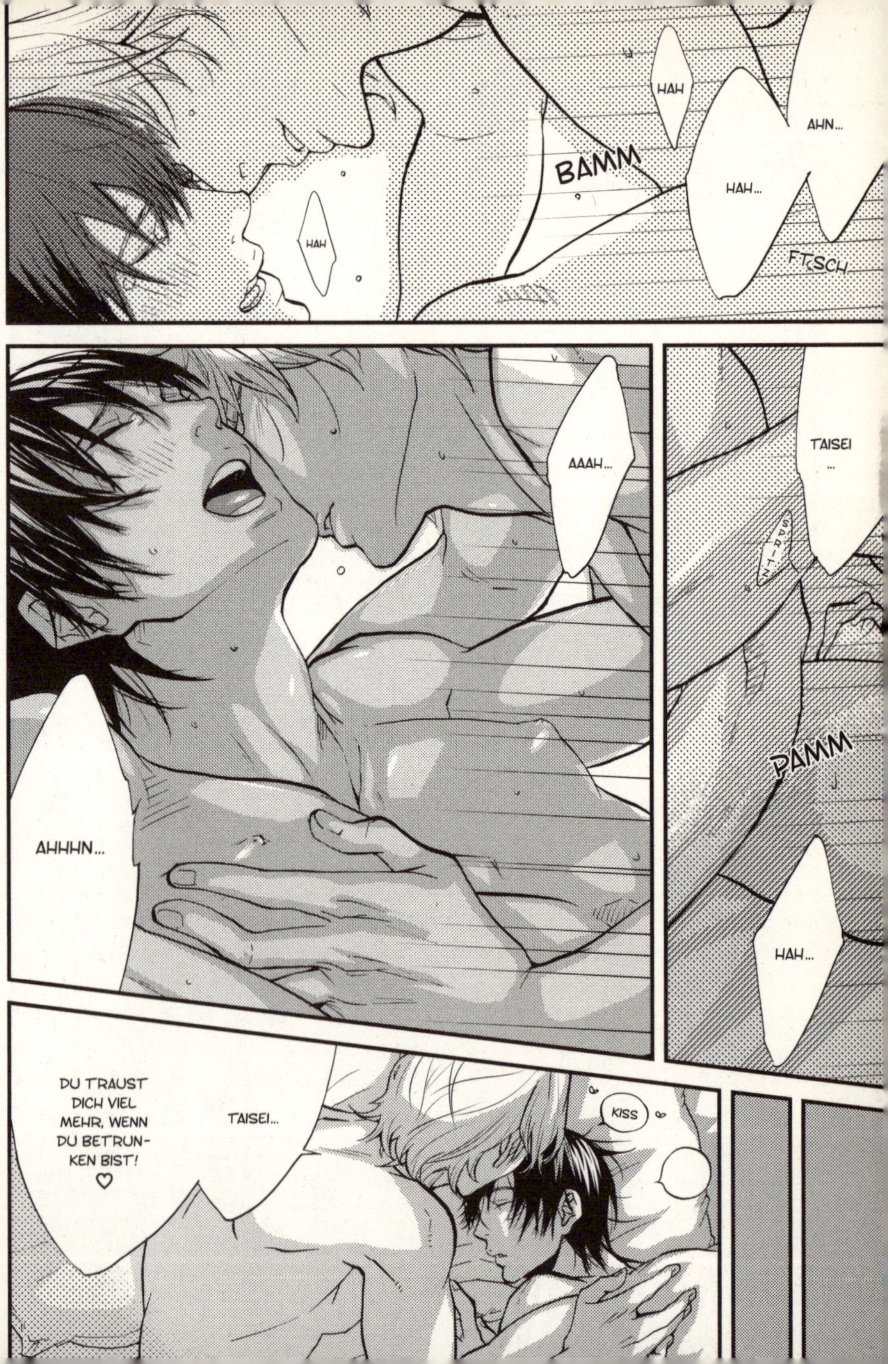

AHN...
HAH
HAH...
FTSCH
BAMM
HAH
TAISEI ...
SPRITZ
PAMM
HAH...
AAAH...
AHHHN...
KISS
TAISEI...
DU TRAUST DICH VIEL MEHR, WENN DU BETRUN-KEN BIST! ♡

ICH GLAUBE... ICH HAB'S GESTERN ECHT ÜBER-TRIEBEN.
VOLL PEINLICH!
!
Komme später nach Hause.
Geh schon vor.
ICH WARTE LIEBER ZU HAUSE, ALS IN DIESE BAR ZU GEHEN.
Tag darauf
Sorry. Wird wieder spät h
Iss schon zu Abend
...
Zwei Tage später
Wird wieder später.
Eine Woche später
DA BIST DU JA.
WO WARST DU SO LANGE, LUDO?
KISS
HALLO, MEIN LIEBER TAISEI.
SAG SCHON!
DU ARBEITEST DICH NOCH ZU TODE!
FWASCH

ICH HAB IM MOMENT SEHR VIEL ZU TUN.
NANU?
BIST DU BETRUN-KEN?
WIR SIND NACH DER WEINPROBE NOCH WEITER-GEZOGEN...
WAR DAS NICHT ...
... DANIELES PARFÜM?
HASP.
HASP.
GRÜBEL
GRÜBEL

IN LETZTER ZEIT ...
... HATTEN WIR KAUM NOCH SEX.
LU...
LUDO!
FLITZ
!
ER PENNT?
ZZZ...
SO ER-SCHÖPFT IST ER...

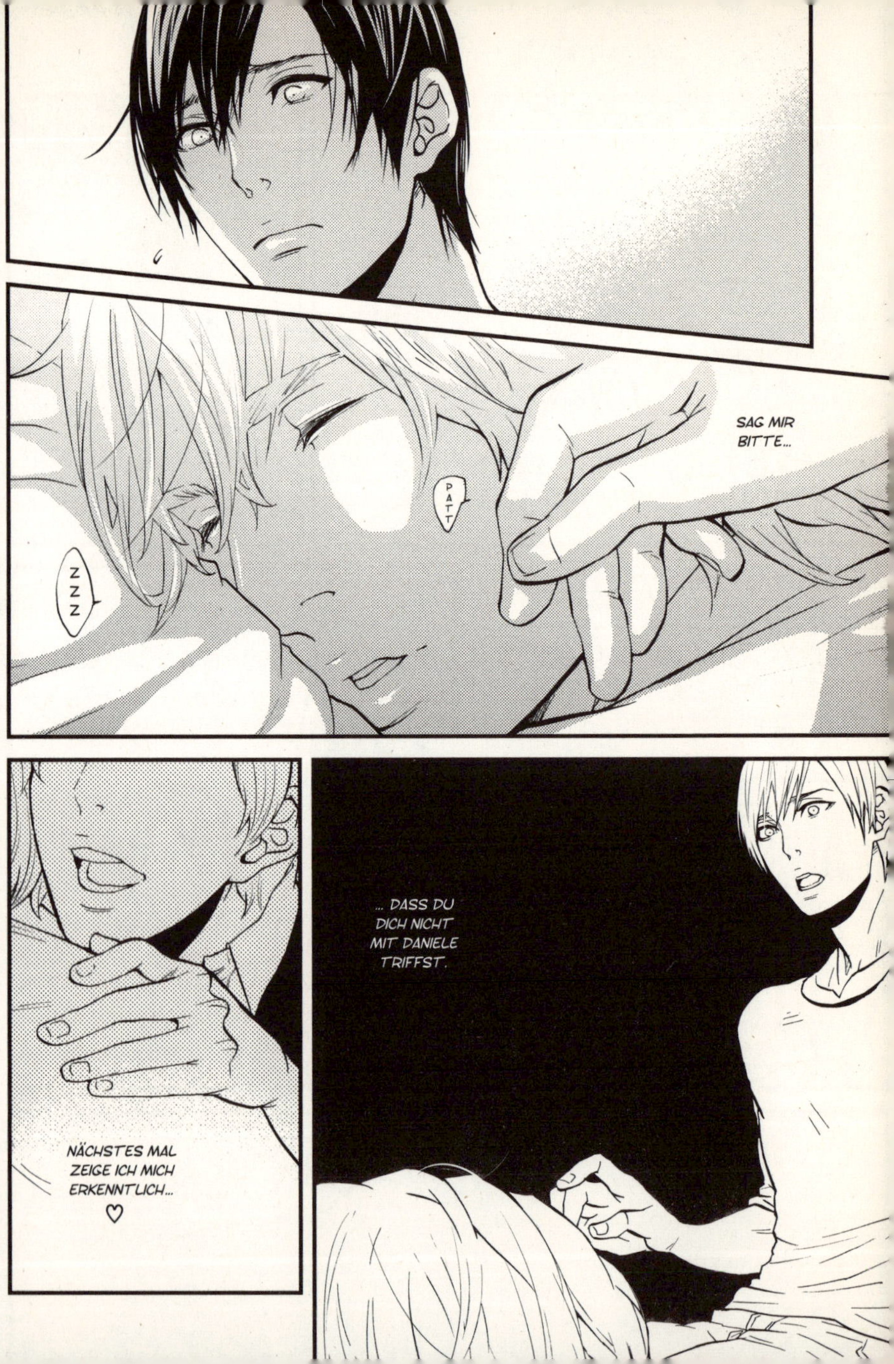
SAG MIR
BITTE...
PATT
ZZZ
... DASS DU
DICH NICHT
MIT DANIELE
TRIFFST.
NÄCHSTES MAL
ZEIGE ICH MICH
ERKENNTLICH...
♡

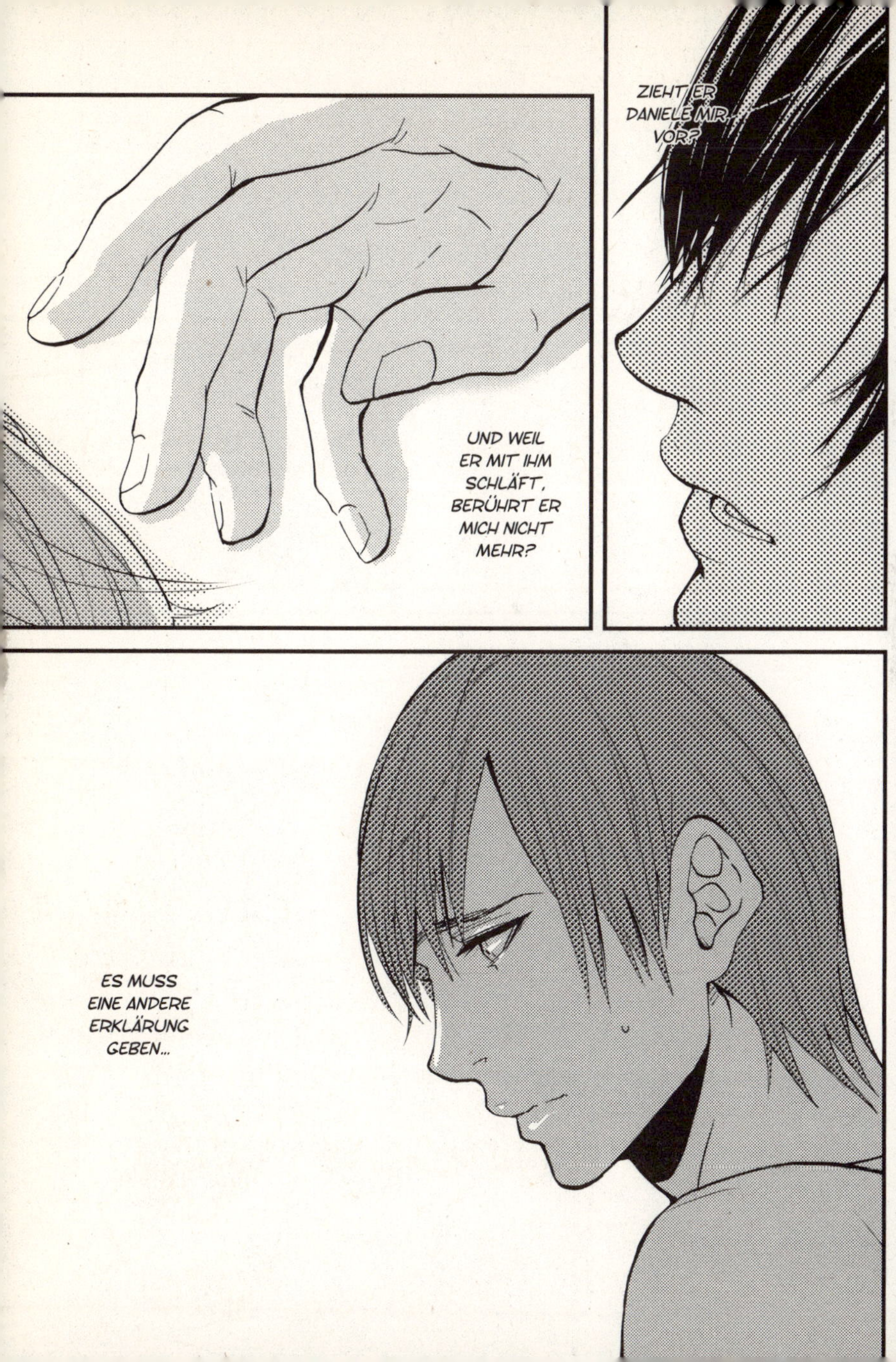
ZIEHT ER DANIELE MIR VOR?
UND WEIL ER MIT IHM SCHLÄFT, BERÜHRT ER MICH NICHT MEHR?
ES MUSS EINE ANDERE ERKLÄRUNG GEBEN...

ER IST DOCH MEIN LIEBSTER...
DAS KANN NICHT SEIN...
NEIN...
ICH KANN DAS NICHT MEHR...
KOMM DOCH EIN-FACH NACH HAUSE.
UND SCHLAF WIEDER MIT MIR!
TRIFF DICH NICHT MEHR MIT DANIELE!

HAH...
Taisei
Wird
wieder später heute.
Geh schon vor.
APRILE
WAS?
WARUM...
...IST ER BEI IHM?

Trunken vor Lust

Trunken vor Lust

III

WARUM TREFFEN DIE BEIDEN SICH…?

HAT ER IHM EINE FLASCHE WEIN VORBEI-GEBRACHT ...?
LUDO...

NEIN...
SWUSCH

FÜR MICH HAT ER NIE ZEIT ...
... ABER FÜR IHN SCHON?
TAISEI?
TRIEF TRIEF
SCHLÄFST DU SCHON?
KISS
RASCHEL
LINS
...
SORRY.
WOLLTE DICH NICHT WECKEN.

ICH HATTE NUR ANGST, DEIN GESICHT BIS MORGEN NICHT MEHR ZU SEHEN.
ALL DIE DINGE...
...
... DIE DU MIR MIT EINEM LÄCHELN SAGST...
SAGST DU DIE AUCH DANIELE?
ES IST SCHON LÄNGST MORGEN...
?!
?!

TAISEI?
KISS
SWUPP
TAISEI...
WAS IST LOS MIT DIR?
...
DU SIEHST SO TRAURIG AUS...
IST IR-GENDWAS PASSIERT?
ALS OB ICH DIR DAS SAGEN KÖNNTE...

DU UND DANIELE...
TAISEI?
...
WENN ICH DAS AN-SPRECHE...
REIB
WENN ICH DICH DANACH FRAGE...
... DANN IST DOCH...
NICHT BEISSEN.
DAS HINTER-LÄSST NARBEN.
... AUF DER STELLE ALLES VORBEI.

SCHON GUT.
WENN DU BEREIT BIST, KANNST DU'S MIR ZUFLÜS-TERN.
UND BIS DAHIN...
... DENK BITTE...
... NUR AN MICH.
BADOMM

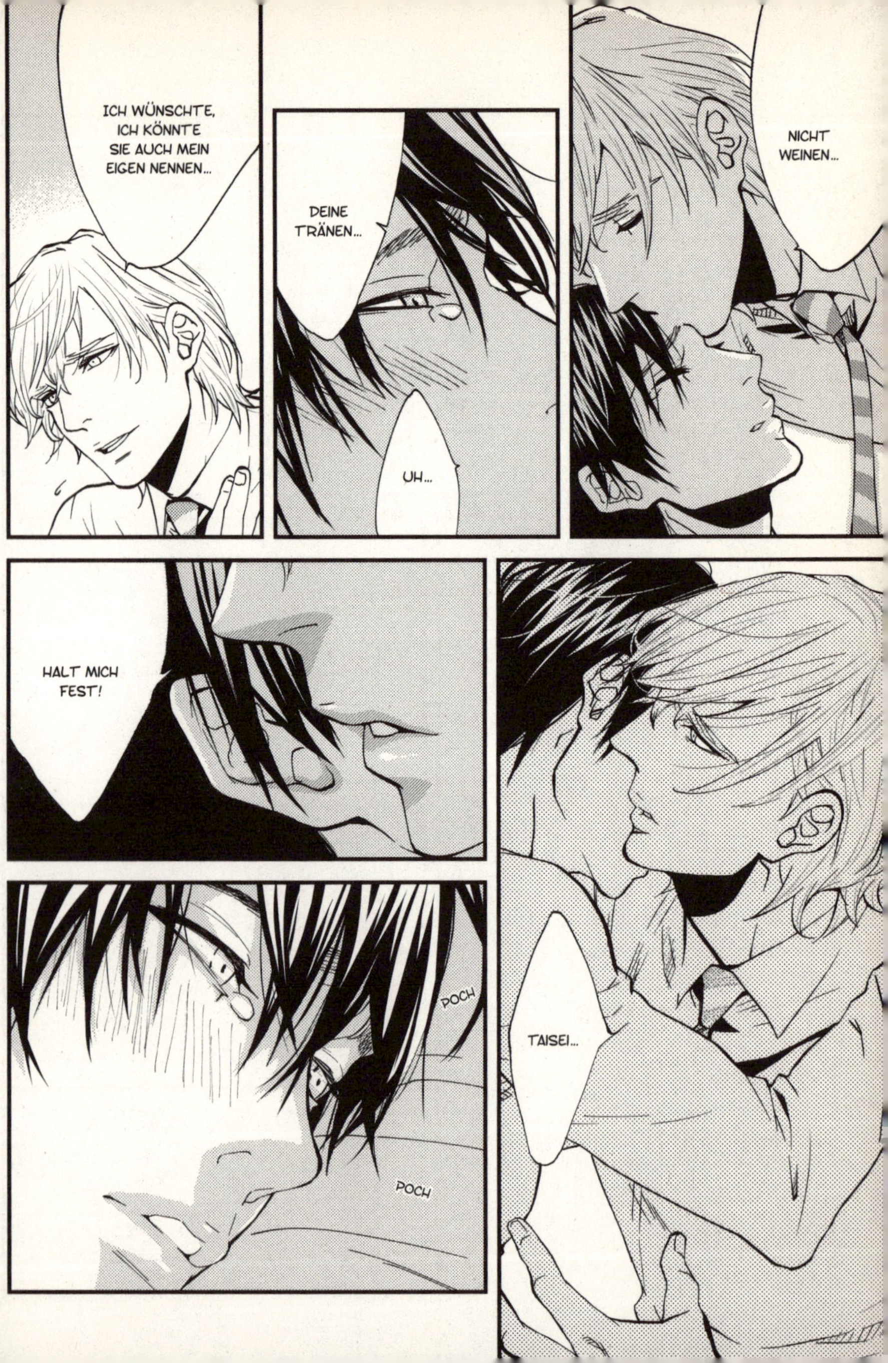
NICHT WEINEN...
DEINE TRÄNEN...
UH...
ICH WÜNSCHTE, ICH KÖNNTE SIE AUCH MEIN EIGEN NENNEN...
TAISEI...
HALT MICH FEST!
POCH
POCH

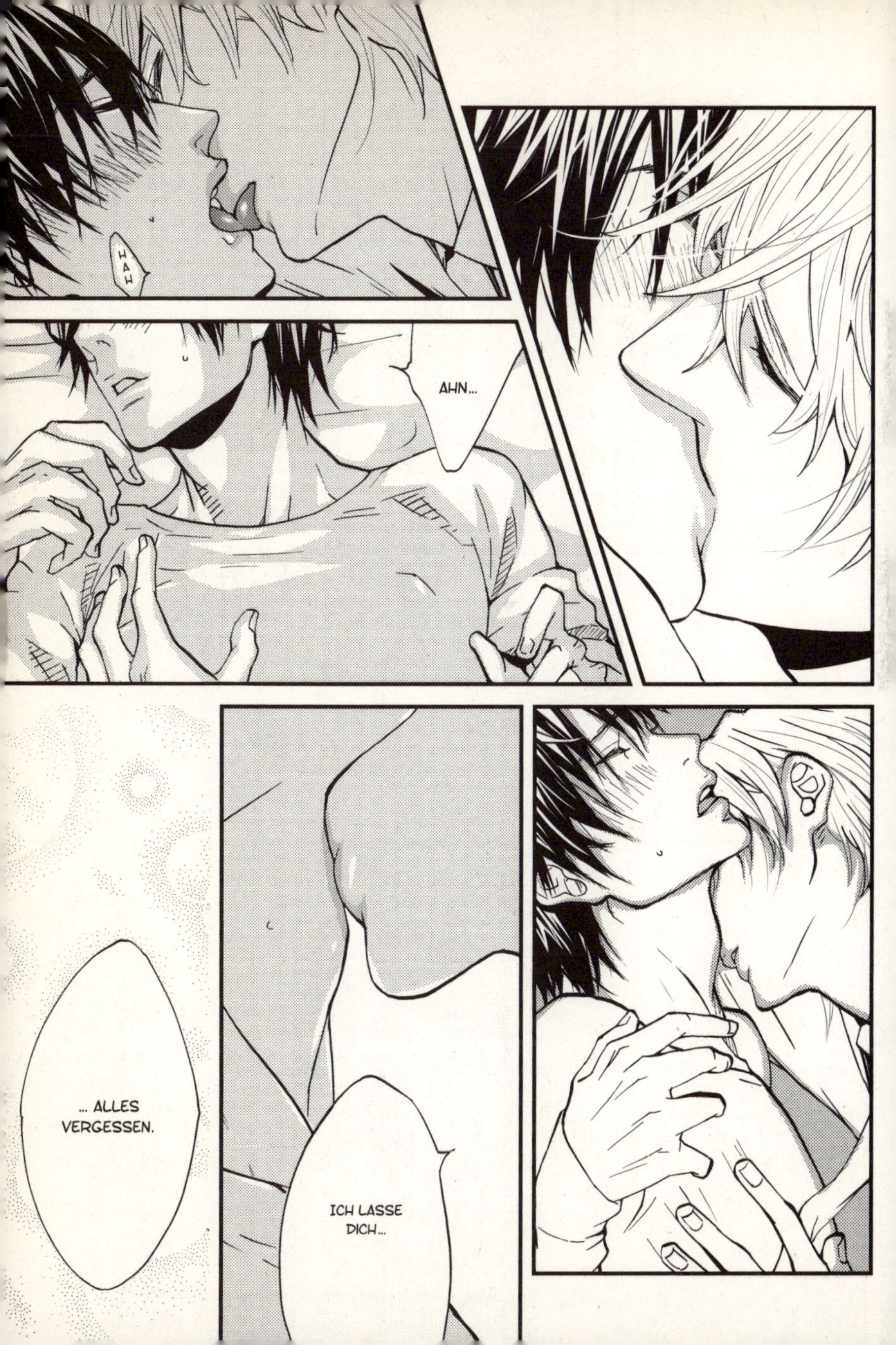
HAH
AHN...
ICH LASSE DICH...
... ALLES VERGESSEN.

HN!
KISS
KISS
AH!
HAH
HAH...
LUDO...
JA...?
DRÜCK

TAISEI...?
ICH MÖCHTE, DASS DU MIR SAGST ...
... WAS ICH FÜR DICH TUN KANN...
... ODER WAS ICH FÜR DICH TUN SOLL!
JE ZÄRT-LICHER ER ZU MIR IST, DESTO...

ICH KANN NICHT AUF-HÖREN ZU WEINEN…
SOLLEN WIR ES LIEBER BLEIBEN LASSEN?
SCHÜTTEL
SCHÜTTEL
… WEIL LUDO MIR GEGENÜBER SO TUT, ALS WÄRE ALLES NORMAL.

HAH
AH...
HAH
ZITTER
FPP
FPP
FPP
HAH
DU BIST GANZ HEISS!
FTSCH
KOMM...
ENTSPANN DICH...
KISS
HAH
POCH
POCH
FLAPP

BAMM
BAMM
ZUCK
ICH WÜNSCHTE, ICH KÖNNTE...
... MIT DIR VERSCHMELZEN...
... UND ALLES VERSTEHEN, WAS IN DIR VORGEHT.
ICH HAB SEINE WÄRME SO LANGE NICHT MEHR GESPÜRT...
... UND TROTZDEM...
GLPP
AH...
HN...
... SCHNURT ES MIR DIE LUFT AB.

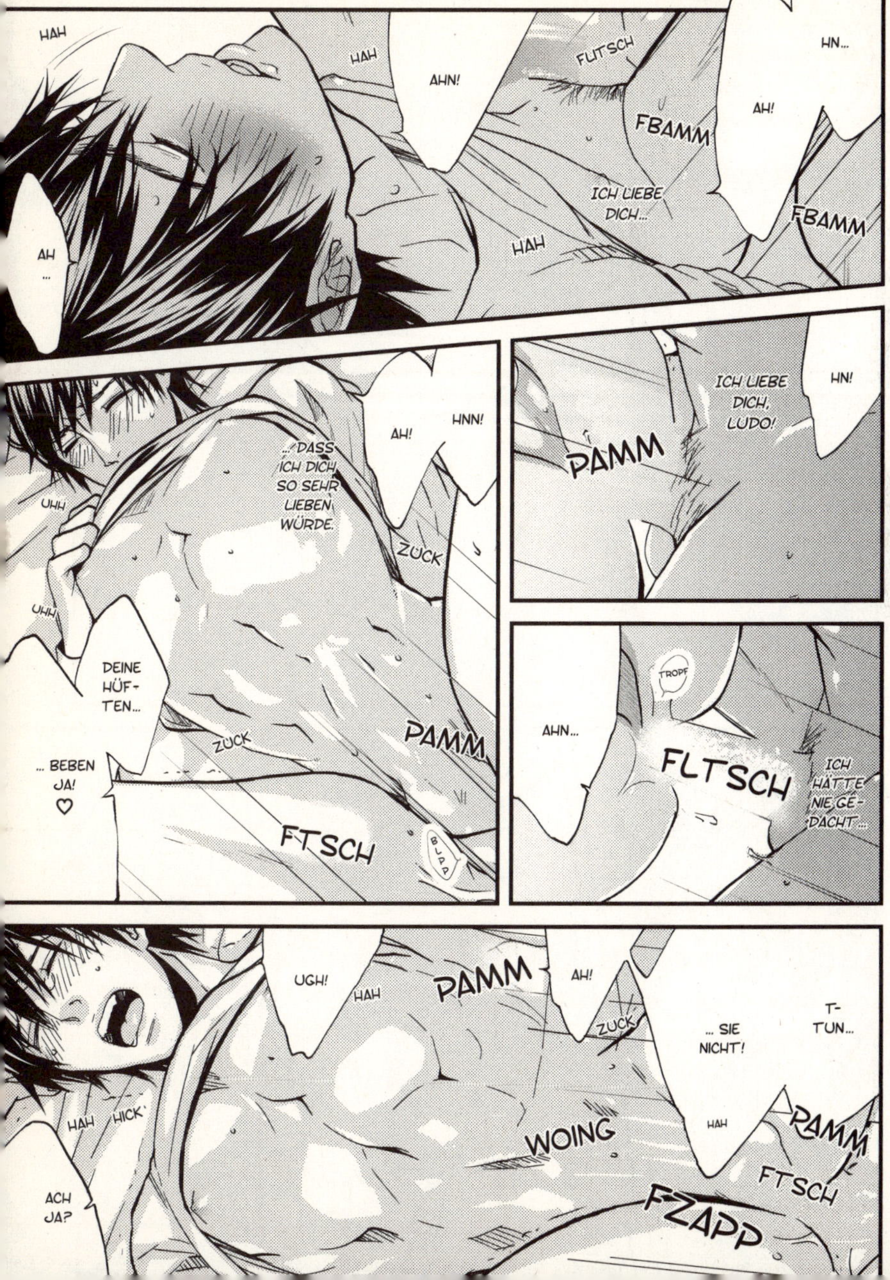
HN...
AH!
FBAMM
FBAMM
ICH LIEBE DICH...
FLUTSCH
AHN!
HAH
HAH
HAH
AH ...
HN!
ICH LIEBE DICH, LUDO!
PAMM
ICH HÄTTE NIE GE-DACHT...
TROPF
FLTSCH
AHN...
HNN!
AH!
... DASS ICH DICH SO SEHR LIEBEN WÜRDE.
ZUCK
UHH
UHH
DEINE HÜF-TEN...
... BEBEN JA! ♡
ZUCK
PAMM
FTSCH
T- TUN...
... SIE NICHT!
AH!
ZUCK
PAMM
UGH!
HAH
HAH
PAMM
FTSCH
FZAPP
WOING
HAH
HICK
ACH JA?

HAH
HAH
HAH
HAH
...?
KEUCH
...
WAS IST...?
HAH
HAH
...
SAG MIR, WAS ICH TUN SOLL!
WA-WAS?
HAH
HAH
ZUCK
ZUCK
WUPP
WUPP...
DEIN KÖRPER IST WENIGSTENS EHRLICH!
SCHÄÄÄM
!!

UH!
KLATT
HNN!
KLATSCH
HN!
ICH...
KLATSCH
ICH WILL DICH ZUM SCHMELZEN BRINGEN...
DORT, WO DU ES AM MEISTEN SPÜRST!
HAH
HAH
... SEHE NUR NOCH DICH!
HAH ...
AH...
ABER DU...
... TEILST MEINE GEFÜHLE NICHT, ODER?

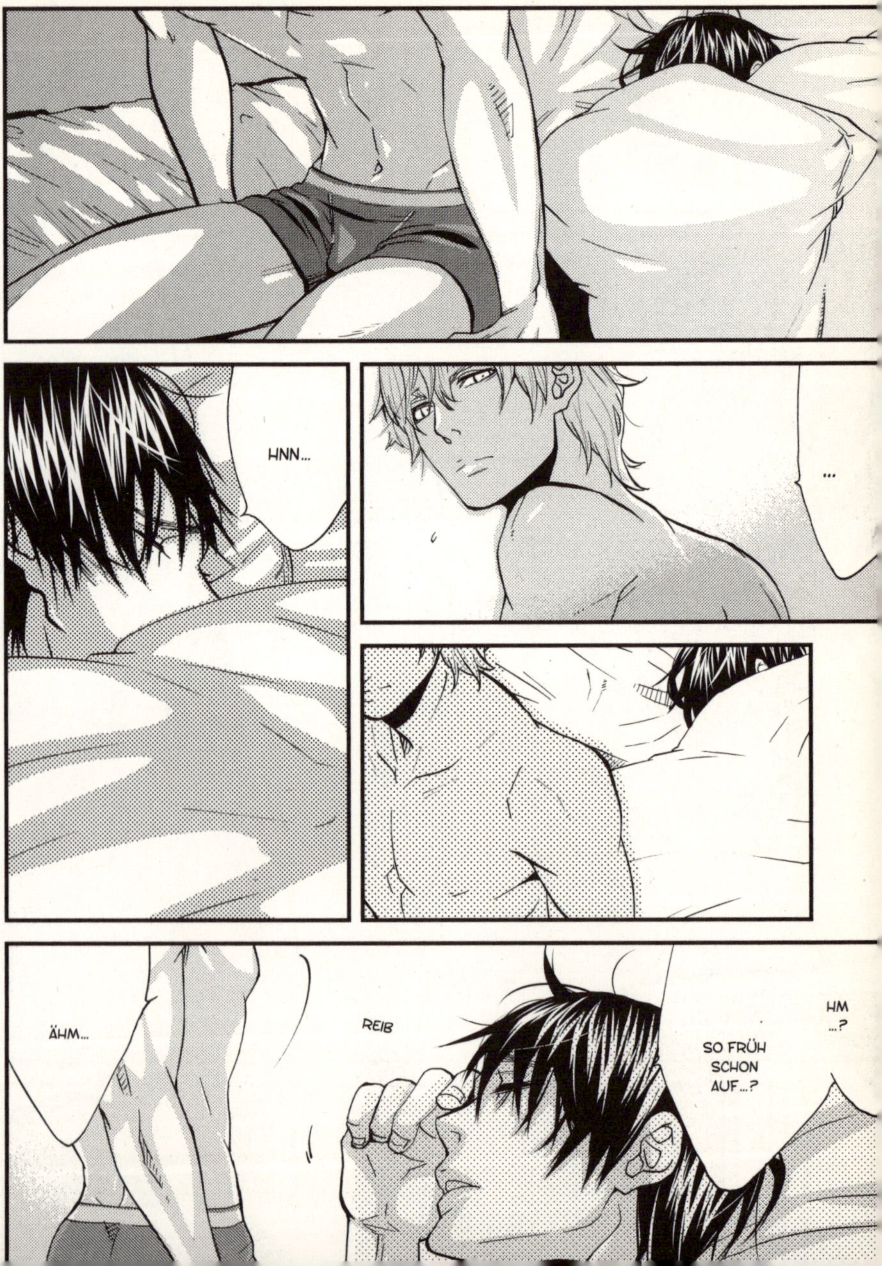
...
HNN...
HM
...?
SO FRÜH
SCHON
AUF...?
REIB
ÄHM...

ENT-SCHULDIGE.
HM?
GESTERN WURDE MIR MITGETEILT ...
... DASS ICH NACH FRANKREICH FLIEGEN SOLL.
IN ZEHN TAGEN BIN ICH WIEDER DA.
VERSTEHE ...
PASS BITTE AUF DICH AUF!

TAISEI...
WILLST DU...
... NICHT DOCH MIT-KOMMEN?
ICH MUSS DOCH AUCH ARBEITEN...
... UND...
... ICH BIN ZU ERSCHÖPFT.
KISS
BTAMM

ICH KANN DICH NICHT ALLEINLASSEN, WENN DU SO TRAURIG BIST!
SCHEISS DRAUF, ICH BLEIB HIER!

D... DU TROTTEL!
DU KOMMST ZU SPÄT! GEH SCHON!
DIE WER-DEN EINEN ERSATZ AUFTREI-BEN!
ABER WAS DICH ANGEHT, TAISEI...
FÜR DICH GIBT ES KEINEN ERSATZ!
LASS DAS!
MANCHMAL GEHT EBEN DIE ARBEIT VOR!
ICH KOMM SCHON KLAR...

VERMUT-
LICH…
… WIRD ES SICH GENAUSO ANFÜHLEN, WENN MICH LUDO EINES TAGES VERLÄSST.
BTAMM
WUMM
„DIE WERDEN EINEN ERSATZ AUFTREIBEN!"
„ABER WAS DICH ANGEHT, TAISEI… FÜR DICH GIBT ES KEINEN ERSATZ!"

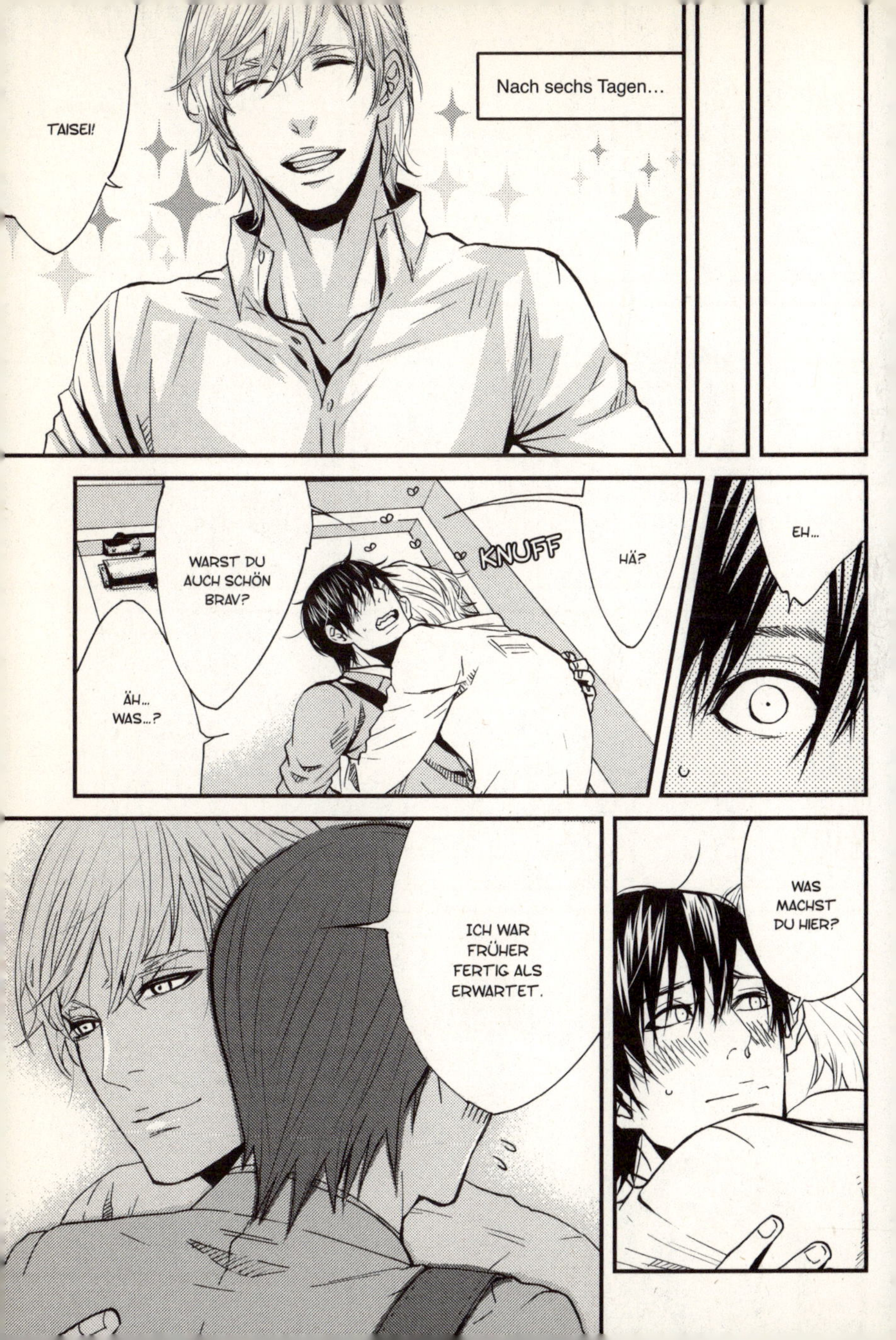
Nach sechs Tagen…
TAISEI!
EH…
HÄ?
KNUFF
WARST DU AUCH SCHÖN BRAV?
ÄH… WAS…?
WAS MACHST DU HIER?
ICH WAR FRÜHER FERTIG ALS ERWARTET.

ICH HAB ESSEN GEMACHT!
KOMM!
Vien!
LASS UNS ESSEN!
ES SCHEINT ...
... WIEDER ALLES WIE FRÜHER...
R
R
R

R
R
...?
BLINZEL
WILLST DU NICHT RANGE-HEN?
R
R
R
NEIN, SCHON GUT.
R
R
R
R
?
R
R
R
R
IGNORIER ES EINFACH!
WARUM WEIGERT ER SICH RAN-ZUGEHEN?
R
R
KLANK
R
R
ÄH...
ENT-SCHULDIGE MICH KURZ.
?

TIPP
TIPP
BTAMM
BADOMM
ER GEHT ZUM TELEFONIEREN RAUS?
...
LAUSCH
...
OH ...
DAZU HAB ICH NICHTS MEHR ZU SAGEN!
ER REDET NICHT MIT DANIELE...
ER SPRICHT FRANZÖSISCH.
ZUCK

DU KANNST SAGEN, WAS DU WILLST, ICH GEH NICHT ZURÜCK NACH FRANKREICH!
HM...?
WIE MEINT ER DAS? NICHT ZURÜCKGEHEN...
MEIN BETÄTIGUNGSFELD LIEGT NUN IN JAPAN.
KANN DAS NICHT JEMAND ANDERES ERLEDIGEN?
KÖNNTE ES SEIN...
... DASS LUDO AUS JAPAN WEGMÖCHTE?

Trunken vor Lust
IV

NICHT ZURÜCK-GEHEN...?
TAISEI?
WAS IST DA LOS...?
AH, ENT-SCHULDIGE.
ICH WOLLTE DICH NICHT BELAUSCHEN ODER SO...
DU GEHST DOCH SONST NIE ZUM TE-LEFONIEREN RAUS...
OH, JA. SORRY.
DAS WAR DIE FIRMA, ODER BESSER GESAGT, MEIN VATER.
WOLLTE DICH NICHT DAMIT NERVEN.
DEIN VATER WILL... DASS DU ZURÜCKGEHST?

ICH DACHTE, ICH HÄTTE IHM DIE IDEE AUSGETRIEBEN, ALS ICH ZU HAUSE WAR.
HAB GESAGT, ICH KANN MEINE ARBEIT HIER NICHT EINFACH ABBRECHEN...
DAS STIMMT ZWAR AUCH...
... ABER IN WIRKLICHKEIT...
... KÖNNTE ICH ES NICHT ERTRAGEN...
... VON DIR GETRENNT ZU SEIN!
BADUMM
UND WARUM WILL ER DICH ZURÜCKHABEN?
ES GIBT DA DIESE STAATLICHE INSTITUTION...
... DIE PROJEKTE IN DER WEINBRANCHE FÖRDERT.

NICHT DIE FIRMA, SONDERN SEIN LAND...
UND DIE...
... BRAUCHEN LEUTE MIT LANGJÄHRIGER ERFAHRUNG IM WEINGESCHÄFT ...
... DIE DIE TRADITION WAHREN UND DIE WEINBRANCHE FIT FÜR DIE ZUKUNFT MACHEN.
ABER...
... DASS DIE EINEN JUNGSPUND WIE MICH HABEN WOLLEN...
... MUSS EINEN TRIFTIGEN GRUND HABEN.
ES GIBT NOCH ZIG ANDERE JUNGE LEUTE, DIE BEREIT SIND, IHR GANZES KNOW-HOW EINZUBRINGEN.
AUSSERDEM KANN ICH MIR NICHT VORSTELLEN, FÜR DIE ZU ARBEITEN.
ICH WÄRE ALSO NICHT DIE BESTE WAHL, RICHTIG? UND IN UNSERER FIRMA HAB ICH AUCH NOCH EINIGES VOR.

ABER LÄSST DU DIR NICHT EINE RIESENCHANCE ENTGEHEN?
DIESE LEUTE SCHEINEN DICH ZU BRAUCHEN...
UND DU BRAUCHST MICH NICHT, TAISEI?
!
SO MEIN ICH DAS DOCH NICHT...
DANN TU BITTE NICHT MEHR SO, ALS WÜRDE ES DIR NICHTS AUSMACHEN, VON MIR GETRENNT ZU SEIN!
ÄH ...
DAS WAR ECHT NICHT SO GEMEINT...
ICH...

... WILL DOCH...
... NUR MIT DIR ZUSAMMEN SEIN! FÜR IMMER!
POCH
MEHR ALS JE-DEN ANDEREN AUF DIESER WELT...
... UND MEHR ALS JEDEN WEIN...
DER WEIN ZÄHLT AUCH...
... LIEBE ICH DICH!
UM BEI DIR SEIN ZU DÜRFEN...
POCH
POCH
... WÜRDE ICH...
... EINFACH ALLES TUN!
POCH

HN...
WA...
WAS...
DANN ERKLÄR MIR MAL EINS...
WAS DENN?
BIN ICH...
... FÜR DICH GENAUSO WICHTIG WIE DANIELE?
HÄ?
MIR SAGST DU IMMER, DU HAST KEINE ZEIT...
... UND DANN TRIFFST DU IHN UND MACHST IHM GESCHENKE.
DU MAGST IHN...
HAB ICH RECHT...?
ICH HAB'S GESAGT!
POCH
POCH
ER WAR FÜR MICH IMMER WIE EIN KLEINER BRUDER...

UND DAS GESCHENK WAR EINE FLASCHE WEIN, DIE ER SEINER SCHWESTER ZUR HOCHZEIT SCHENKEN WOLLTE.
DEN WUNSCH KONNTE ICH IHM NICHT ABSCHLAGEN...
A-ABER DU BIST BETRUNKEN NACH HAUSE GEKOMMEN...
... UND HAST NACH SEINEM PARFÜM GEROCHEN.
NA JA... ICH GLAUBE, WIR WAREN MIT DER FIRMA AUCH MAL WAS IN DER BAR TRINKEN...
ACH SO!
A...
ALSO...
KANN DER REST WARTEN?
WAS IMMER DIR NOCH AUF DEM HERZEN LIEGT...
KISS
KRALL
ICH WERDE DICH AUF JEDE ERDENKLICHE ART LIEBEN...

... SODASS DU MICH NIE WIEDER GE-HEN LÄSST!
KISS
KISS
HAH
AH!
SWUSCH
POCH
POCH
HN...
KISS
TAISEI...
SCHLÄGT DEIN HERZ NOCH SCHNELLER ALS SONST?
KISS
HAH
HN!
FAST SO...
HAPP
ZUCK

KISS
... WIE DA-
MALS BEIM
ERSTEN
MAL!
WAS...
ABER...
LICK
LICK
KNEIF
ZUCK
HA!
... ES IST
NICHT
UNSER
ERSTES
MAL!
KISS
KISS
SO
EMP-
FIND-
SAM...
... WAREN
DEINE NIPPEL
NOCH NIE!
AH...
WUPP
WUPP
ZUCK
DAS IST ...
NUR WEGEN
DI...
AH!
SCHÄM
OH, DANN BIN
ICH ALSO DARAN
SCHULD, JA?
UND...
... DASS ER
SO HART UND
STEIF IST...
PATT
ZUCK
... LIEGT AUCH
NUR AN MIR?
ERRÖT

SOLCHE LUST KANN NUR...
... ICH DIR BEREITEN!
BADOMM
BADOMM
MANN, RED DOCH NICHT SO!
DAS IST PEINLICH!
...
KISS
カァァァッ
SCHÄÄÄM
DU KOMMST NICHT MEHR VON MIR LOS!
WEISST DU DAS?
ICH WEI...
HM?
NEIN...
WEISS ICH NOCH NICHT...

WEIL DU...
... MICH ERST NOCH...
SWUPP
ZUCK
ERST NOCH WAS...?
W-WEIL DU MICH...
... ERST NOCH FI...
SLPP
HAH
AH!
HN!
HAH
DZLPP
HAH
AAAHN!
DZLPP
HAH
ZUCK
LICK
SLPP
...
SWUSCH

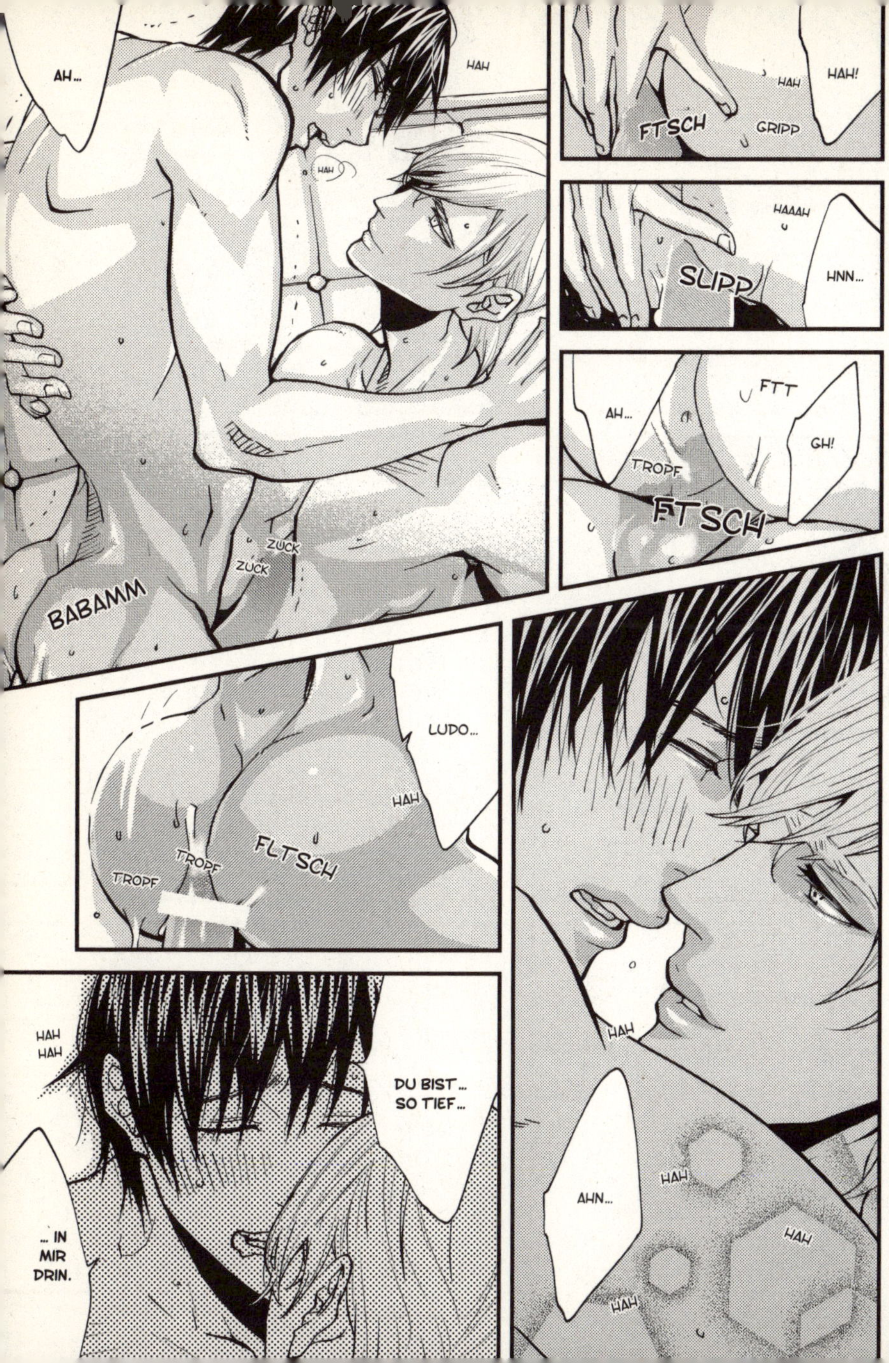
HAH!
HAH
GRIPP
FTSCH
HAAAH
HNN...
SLIPP
FTT
GH!
AH...
TROPF
FTSCH
HAH
AH...
HAH
ZUCK
ZUCK
BABAMM
HAH
AHN...
HAH
HAH
HAH
LUDO...
HAH
FLTSCH
TROPF
TROPF
DU BIST... SO TIEF...
HAH HAH
... IN MIR DRIN.

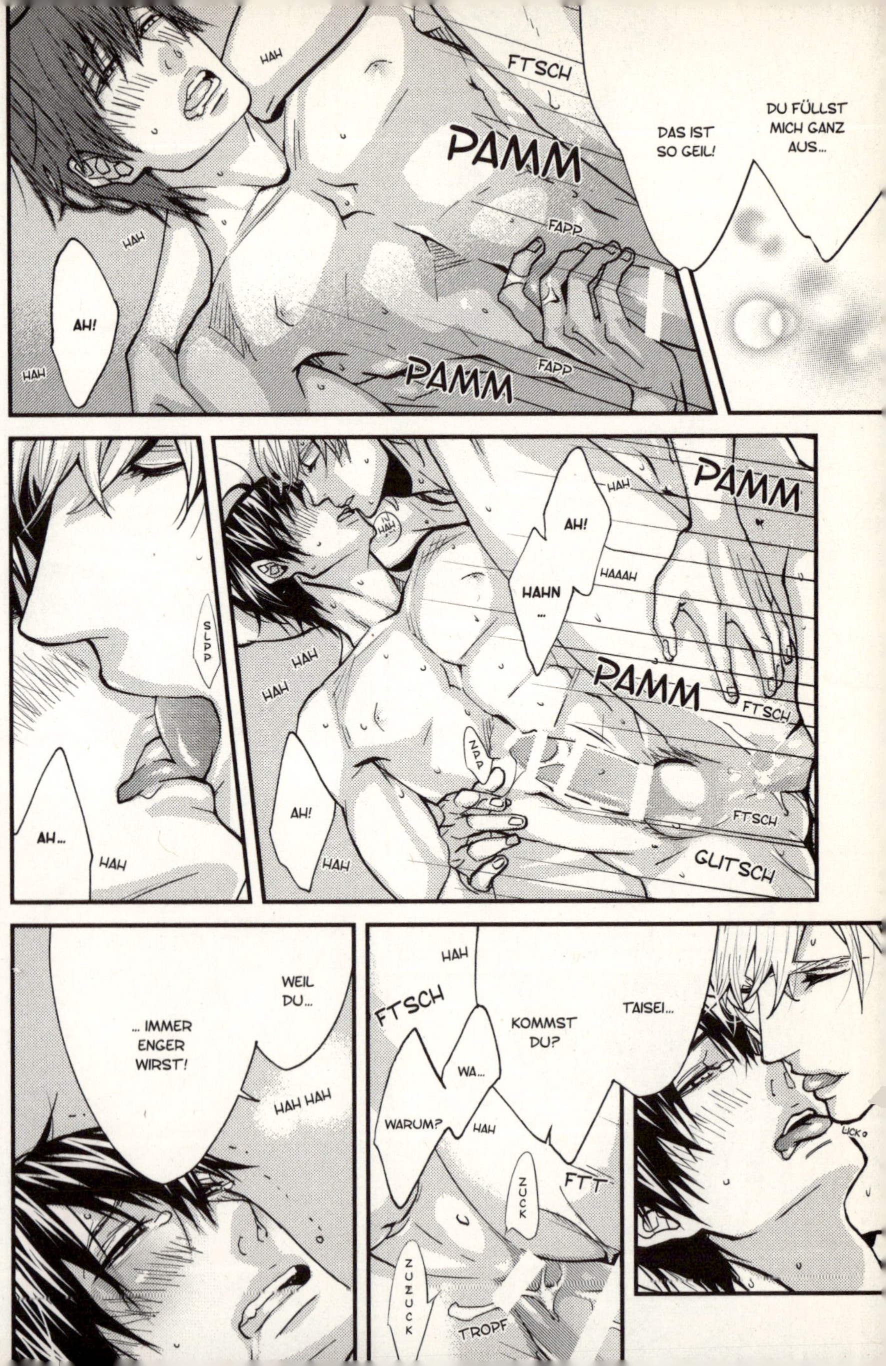
DU FÜLLST MICH GANZ AUS...
DAS IST SO GEIL!
FTSCH
HAH
PAMM
FAPP
HAH
AH!
FAPP
PAMM
HAH
PAMM
HAH
AH!
HAAAH
HAHN ...
PAMM
FTSCH
NPP
FTSCH
GLITSCH
HAH
HAH
AH!
HAH
SLPP
AH...
HAH
TAISEI...
LICK
HAH
FTSCH
KOMMST DU?
WA...
WARUM?
HAH
FTT
ZUCK
ZUZUCK
TROPF
WEIL DU...
... IMMER ENGER WIRST!
HAH HAH

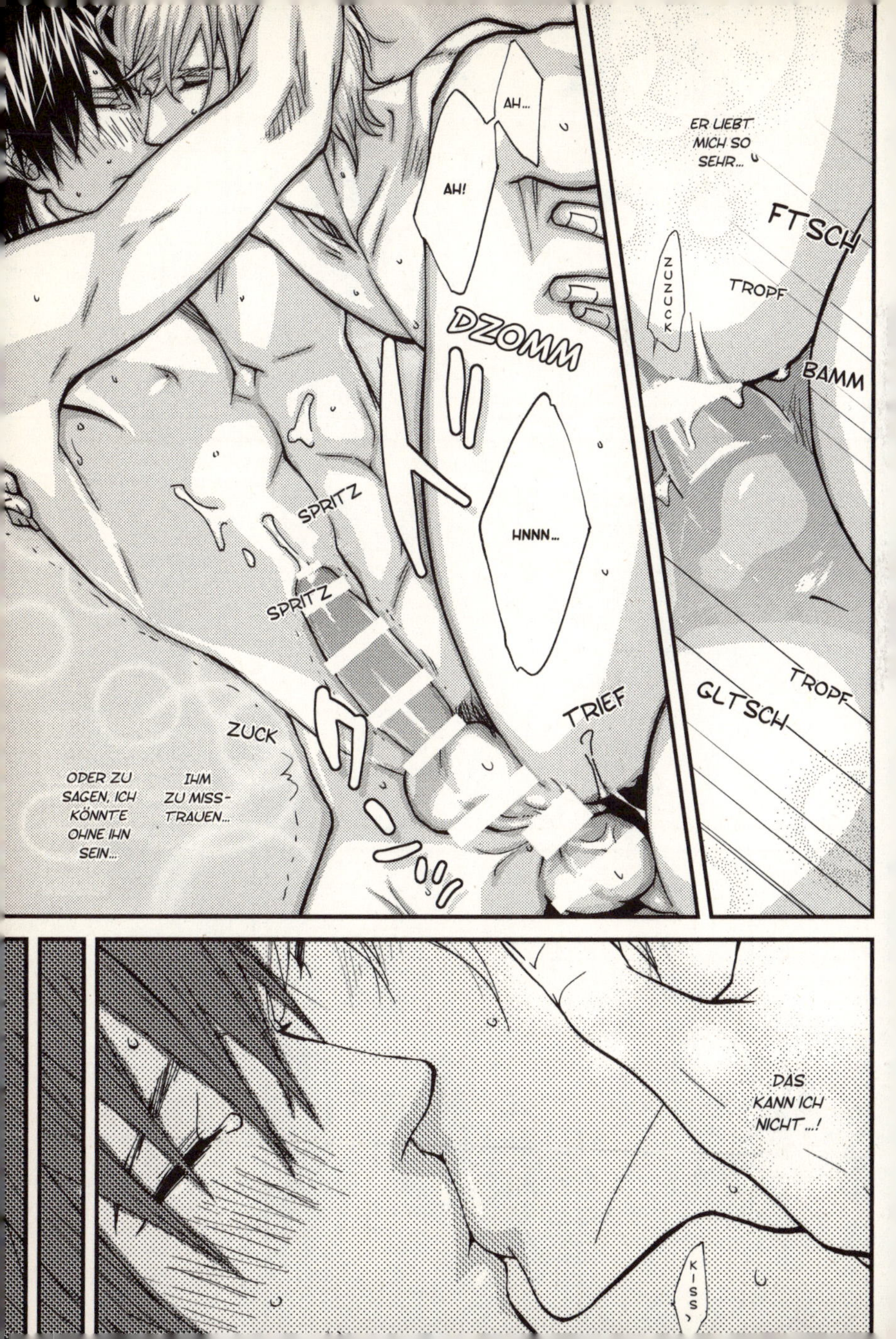

ER LIEBT MICH SO SEHR...
FTSCH
ZUZUCK
TROPF
BAMM
AH...
AH!
DZOMM
HNNN...
SPRITZ
SPRITZ
TRIEF
TROPF
GLTSCH
ZUCK
IHM ZU MISS-TRAUEN...
ODER ZU SAGEN, ICH KÖNNTE OHNE IHN SEIN...
DAS KANN ICH NICHT...!
KISS

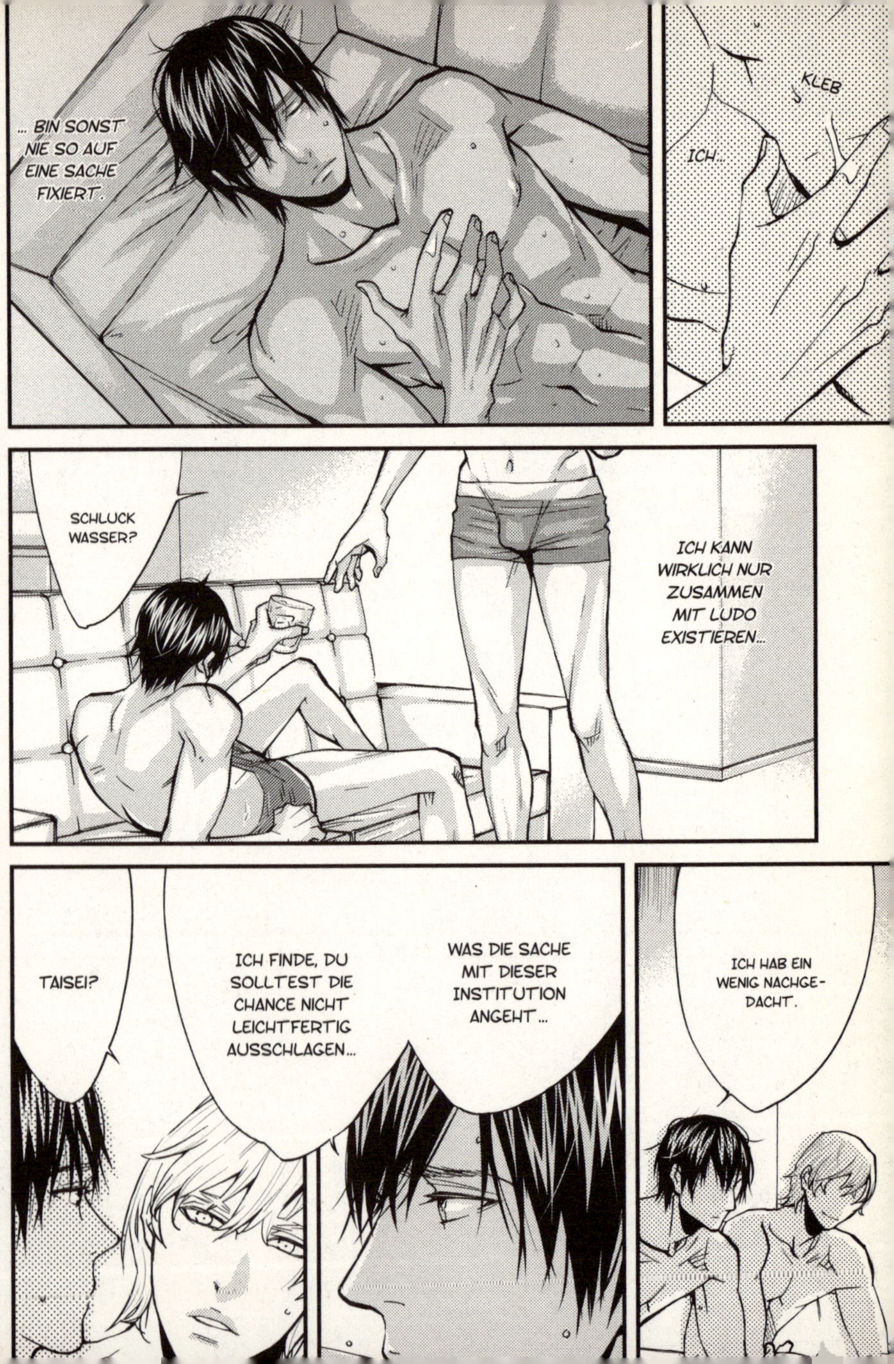
KLEB
ICH..
... BIN SONST NIE SO AUF EINE SACHE FIXIERT.
ICH KANN WIRKLICH NUR ZUSAMMEN MIT LUDO EXISTIEREN...
SCHLUCK WASSER?
ICH HAB EIN WENIG NACHGE-DACHT.
WAS DIE SACHE MIT DIESER INSTITUTION ANGEHT ...
ICH FINDE, DU SOLLTEST DIE CHANCE NICHT LEICHTFERTIG AUSSCHLAGEN...
TAISEI?

DEIN LAND BRAUCHT DICH UND BITTET DICH TROTZ DEINER JUGEND UM HILFE.
ICH KANN NICHT FÜR DICH ENTSCHEIDEN UND DICH ZU NICHTS ZWINGEN, ABER WENN ES HIER ETWAS RUHIGER WIRD...
... WARUM PROBIERST DU'S NICHT MAL AUS?
TOCK
DU SCHEINST DICH OFFENBAR WIRKLICH FÜR MICH ENTSCHIEDEN ZU HABEN. DAS BERUHIGT MICH SEHR.
WARUM DENKST DU ALSO NICHT NOCH MAL DARÜBER NACH...
... OB DU FÜR IMMER IN JAPAN BLEIBEN ODER NICHT DOCH NACH FRANKREICH GEHEN WILLST?
WEISST DU...
... ICH...
...

SOLANGE ICH AN DEINER SEITE SEIN KANN...
... IST ES MIR VÖLLIG EGAL, WO WIR LEBEN!
ICH...

ICH WILL NUR DAS BESTE FÜR DICH, LUDO!
... WÜRDE ALLES DAFÜR TUN...
... UM BEI DIR SEIN ZU KÖNNEN!
ABER DAS WILL ICH DIR NICHT ZUMUTEN...
VON DIR GETRENNT ZU SEIN, DAS WÄRE EINE SCHRECKLICHE ZUMUTUNG!
TAI-SEI...
ICH LIEBE DICH!
ICH WILL FÜR IMMER BEI DIR BLEIBEN!

UND SO...
... FAND ICH...
... DAS GRÖSSTE GLÜCK AUF ERDEN!
KOMM ...
ES SIEHT DOCH KEINER!
WAS AUCH IMMER DIE ZUKUNFT BRINGEN MAG...
ALSO, ICH SCHAUE NUR DICH AN, LUDO!
WIE PASSEND! ICH HAB NÄMLICH NUR AUGEN FÜR DICH, TAISEI!
... SEINE HAND LASSE ICH NIE MEHR LOS.
Ende

Frankreich
LÄRM
LÄRM
TAISEI!
LUDO!
DRÜCK
ICH HAB DICH VERMISST!
Paris mit meinem Liebsten
DIESE EINE WOCHE KAM MIR UNGLAUBLICH LANG VOR!

HN!
NH...
WOMM
KISS
KISS
NICHT ...
LASS MICH ERST MEINE SACHEN AUS-PACKEN...
HAH
WAS DU GE-SCHICKT HAST, IST LÄNGST VERSTAUT!
...
JETZT ...
KISS

... MÖCHTE ICH DICH AUSGIEBIG KÜSSEN!
DAS REICHT!
SWPP
WIESO DENN?
SONST HÖREN WIR NICHT MEHR AUF!
KISS
GENAU DARAUF WILL ICH HINAUS! ♡ ♡
DENN ICH...
... MUSSTE EINE GANZE WOCHE AUF DICH VER-ZICHTEN.

HAH
KISS
RASCHEL
KISS
LUDO...

WAS SOLL ICH NUR TUN?
POCH
POCH
POCH
ICH LIEBE DICH SO SEHR...
HÖR NICHT AUF!
I-ICH LIEBE DICH...
KISS
MACH WEITER...
TAISEI...

DU HAST FÜR MICH AL-LES STEHEN UND LIEGEN LASSEN...
DANKE!
KISS
POCH
DESWEGEN WILL ICH DICH UM JEDEN PREIS GLÜCKLICH MACHEN!
A-AUCH ICH...
... WILL DICH GLÜCKLICH MA...
... WERDE DICH GLÜCK-LICH MACHEN!
OH, DAS IST ZU VIEL...
WAS IST NUR LOS MIT MIR...?
POCH
POCH
ICH KOMME UM VOR FREUDE ÜBER LUDOS WORTE...

HN!
LICK
!
LICK
ZUCK
LICK
LUDO...
LASS...
... MICH AUCH MAL!
MHB!

SLPP
SLPP
TSCH
TSCH
TSCH
HLP
HAH...
HAH
HAH
PWAH
...
LUDO...
ICH KOMM GLEICH...
NICHT...
ICH BRING DICH NICHT NUR EINMAL ZUM HÖHE-PUNKT!
NEIN!
ICH WILL DICH...
HAH
... IN MIR SPÜREN.

RASCHEL
POCH
POCH
FBAMM
WOBB
WOBB
GLTSCH
NH!
...
ALLES OKAY?

IST SCHON EINE WOCHE HER...
ICH BIN SO WAHNSINNIG...
... GEIL.
HAH
FTSCH
AH...
HAH
HAH
FBAMM
BAMM
TSCH
HN!
TROPF
GLTSCH
HAH
HAH
UAH!
BEB
BEB
WOING
WOING
AH!
GLTSCH
FLTSCH
PAPP
TROPF
PAPP
HAH
HAAAH
ÜBERALL, WO ER MICH ANFASST, STEHE ICH IN FLAMMEN...
AHHHN...
FWAPP
FLTSCH
TSCH
TROPF
KRALL
HAH
ICH ZERFLIESSE...
HAH
HAH
FLTSCH

ICH MÖCHTE, DASS ES FÜR IHN...
... GENAUSO GUT IST WIE FÜR MICH.
HA
HAH
HAH
HAH
HAH!
HAH
BAMM
PAMM
GLTSCH
ZPAMM
FLTSCHHH
ZPAMM
TROPF
FTSCH
TSCH
NH!
ZUCK
HAH
BAMM
HAH
ZPAMM
HA HAH
GERADE... HAB ICH IHN GANZ TIEF IN MIR GESPÜRT...
FTSCH
KISS
HAT SICH DAS...
... GUT ANGE-FÜHLT?

LUDO...
PAMM
HAH HAH
FTSCH
HAH
ZUCK
ICH...
TRIEF
... KO...
... KOMME!
HAH
ICH AUCH...
AHH...
TAISEI...
BADOMM
HAH
TAISEI...
HAAAH
HAH
DAS MÜSSEN WIR...
...
... UNBEDINGT WIEDERHOLEN.
Ende

ZZZ
KISS
Samstag
Samedi
HN…
MORGEN …
… TAISEI!
MORGEN.

GLOTZ
ICH HAB FRÜHSTÜCK GEMACHT!
EH?
ABER BIS MEINE ARBEIT BEGINNT, ÜBERNEHME ICH DOCH DAS KOCHEN.
DU MACHST DOCH SEIT DEINER ANKUNFT NICHTS ANDERES.
LASS MICH DICH WENIGSTENS AM WOCHENENDE MAL VERWÖHNEN.
FRÜHSTÜCK IM BETT...
DA...
DANKE!

SAG MAL...
WEGEN MIR HÄTTEN WIR NICHT EXTRA UMZIEHEN MÜSSEN.
DEIN ALTES ZIMMER WAR DOCH GROSS GENUG, ODER NICHT?
WEISST DU...
ICH WOLLTE, DASS WIR UNS UNSER HEIM GEMEINSAM EINRICHTEN.
ERRÖT

ALSO LASS UNS HEUTE EIN PAAR MÖBEL KAUFEN GEHEN!
HAPP
HAPP
EIN SOFA, AUF DEM WIR ZU ZWEIT RUM-LÜMMELN KÖNNEN...
... ODER EINEN ESSZIMMER-TISCH, AUF DEM ES AUCH MAL RICHTIG ZUR SACHE GEHEN KANN.
SO WAS HAB ICH NOCH NIE ERLEBT ...
ICH PLATZE GLEICH VOR GLÜCK...!!
TAISEI.
DU HAST MARMELADE IM GESICHT.
IST SIE WEG?
NICHT GANZ.

KISS
KISS
LANGSAM MÜSSTE SIE DOCH WEG SEIN?!
NOCH NICHT GANZ!
HOFFENTLICH FINDEN WIR EIN PAAR SCHÖNE MÖBEL.
DARF ICH DIR DIE AUSWAHL ÜBERLASSEN? AUF MEINEN MÖBELGESCHMACK IST LEIDER KEIN VERLASS.
ACH JA?

ZUERST ...
... GEHEN WIR IN MEINEN LIEBLINGS-LADEN.
TAISEI.
NÄCHSTES WOCHENENDE GEHEN WIR IN EIN MÖBELHAUS IN DER VORSTADT.
SO SPÄT?
WIR HÄTTEN DOCH AUCH MORGEN ZEIT ...
?

MORGEN HALTE ICH DICH ZU HAUSE FEST UND LASS DICH NICHT RAUS!
HASP
MORGEN IST UNSER ERSTER GEMEINSAMER SONNTAG IN PARIS!
OKAY...?
VON MIR AUS...

DANN MÜSSEN WIR NUR NOCH WAS ZU ESSEN KAUFEN.
LASS UNS ERST DIE EINKÄUFE NACH HAUSE BRINGEN...
... DANN GEHEN WIR AUF DEN MARKT.
WAS SOL-LEN WIR KOCHEN?
GUTE IDEE...
STIMMT WAS NICHT?
BIST DU ER-SCHÖPFT?

DAS IST REAL...
ICH UND LUDO, WIR WOHNEN WIRKLICH ZUSAMMEN, HIER IN PARIS!
ALLES BESTENS!
KLACK
KISS
HE! DOCH NICHT VOR ALL DEN LEUTEN!!

SAG MAL…
… TAISEI…
HM?
KLACK
BEREUST DU ES?

WAS DENN?
WEGEN MIR...
... ALLES AUFGE-GEBEN ZU HABEN...
... UND NACH FRANKREICH GEKOMMEN ZU SEIN?
GLAUBST DU, ICH MACHE DIR VORWÜRFE?
ICH MÖCHTE NUR...
... AUS DEI-NEM MUND HÖREN, WIE DU DARÜBER DENKST.
...

DAS…
… IST NICHT DEIN ERNST, ODER?
DOCH.
SEHE ICH DENN SO AUS?
UND SO WAS NENNST DU LIEBE…?
ERST WICKELST DU MICH LEIDENSCHAFTLICH UM DEN KLEINEN FINGER…
… UND NUN FÜRCHTEST DU, ICH KÖNNTE ES DIR ÜBEL NEHMEN, DASS ICH MICH HAB BREITSCHLAGEN LASSEN?!

OFFEN GESAGT …
… ZU BEGINN HAB ICH MICH SCHON ETWAS ÜBERRUMPELT GEFÜHLT.
ABER MEINE ENTSCHEIDUN-GEN TREFFE ICH IMMER NOCH SELBST.
UND …
… WENN DU SO FRAGST … ICH HAB MIR AUCH DEN KOPF DARÜBER ZER-BROCHEN, OB ICH MIT DIR NACH FRANKREICH GEHEN SOLL ODER NICHT.
ICH HAB SO LANGE DAR-ÜBER NACH-GEGRÜBELT, BIS ICH VÖLLIG DURCHEINAN-DER WAR.
ABER DANN …

... WURDE MIR KLAR, DASS ICH ES WOHL AM MEISTEN BEREUEN WÜRDE, WENN ICH VON DIR GETRENNT WÄRE!

JA, ES MAG SEIN, DASS ICH MEINE GEWOHNTE UMGEBUNG VERLASSEN HABE...
... ABER MEINE BERUFSERFAHRUNG BLEIBT MIR ERHALTEN. UND ICH BIN MIR SICHER, DASS ICH DAMIT AUCH WOANDERS FUSS FASSEN KANN.
ICH WILL NICHT, DASS NUR DU OPFER BRINGST, LUDO.

DENN DU BIST FÜR MICH DER EINZIGE, MIT DEM ICH EWIG ZUSAMMEN SEIN MÖCHTE!
DANKE, DASS DU...
... MICH GEWÄHLT HAST!

TAISEI...
... ICH LIEBE DICH!
ICH DICH AUCH...
HASP
UND WAS IST MIT DIR?

BEREUST DU ES, DASS ICH MITGEKOM-MEN BIN?
ICH HABE NICHT DEN GERINGSTEN GRUND, IR-GENDWAS ZU BEREUEN!
TAISEI!
DAS IST UN-SER NEUER WEIN.
MACHST DU IHN AUF?
NEE.

DEN WERDEN WIR ERST IN EINIGEN JAHREN TRINKEN.
ICH FRAGE MICH, WIE ER DANN WOHL SCHMECKT.
GANZ SICHER...
... UN-GLAUB-LICH GUT!

LASS UNS GEMEINSAM ALT WERDEN, BIS AUS DEM WEIN EIN EDLER TROPFEN GEWORDEN IST!
IST DAS DIE SCHOKOLADE, DIE WIR VORHIN GE-KAUFT HABEN?
JA.
DIE IST LECKER.
GIBST DU MIR NOCH EIN STÜCK?
SICHER DOCH.
HAPP
LUDO...

GIBST DU MIR NOCH...
... EINEN SCHLUCK WEIN?
BADOMM BADOMM

GLPP
HAAAH
KISS
DU SCHMECKST NACH SCHOKO! ♡
KISS
AH...
PLATSCH
WARTE!
PLATSCH
HAH
GEH...
... SCHON MAL VOR UND WARTE AUF MICH!
HAH

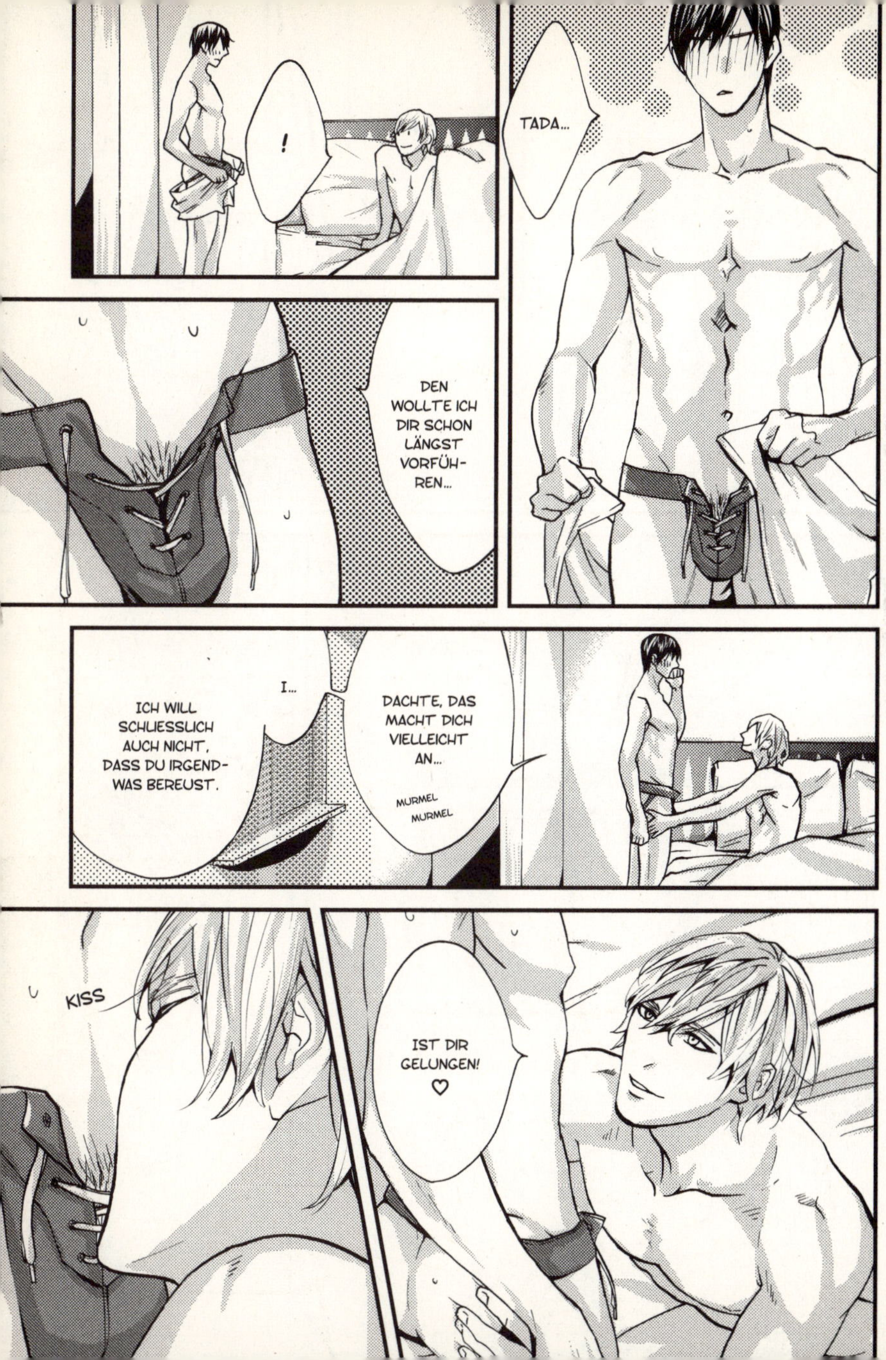
TADA...
!
DEN WOLLTE ICH DIR SCHON LÄNGST VORFÜH-REN...
DACHTE, DAS MACHT DICH VIELLEICHT AN...
MURMEL MURMEL
I...
ICH WILL SCHLIESSLICH AUCH NICHT, DASS DU IRGEND-WAS BEREUST.
IST DIR GELUNGEN! ♡
KISS

ZÜRR
OH?
FLUPP
DU... HAST IHN SCHON EINGEÖLT?
FTSCH
GLTSCH
GLTSCH
NICK
!
HN!
GLTSCH
FTSCH
FTSCH

GLITSCH
TSCH
TROPF
TSCH
HAH
HEY...
DU MUSST MICH NICHT ERST FINGERN, DU KANNST GLEICH ZUR SACHE KOM-MEN!
HAH
HAH
DU WILLST, DASS ICH DICH FICKE?
HAH
FWAMM

STECK IHN MIR REIN...
HAH
HAH
ABER WIR HABEN MORGEN NOCH DEN GANZEN TAG ZEIT...
DANN...
HAH
... SCHIEBST DU IHN MIR MORGEN WIEDER REIN!
HNMH!
KISS
KISS
HAH...
SLPP
AH!
LICK
AH!
KNEIF
KNEIF
ZUCK

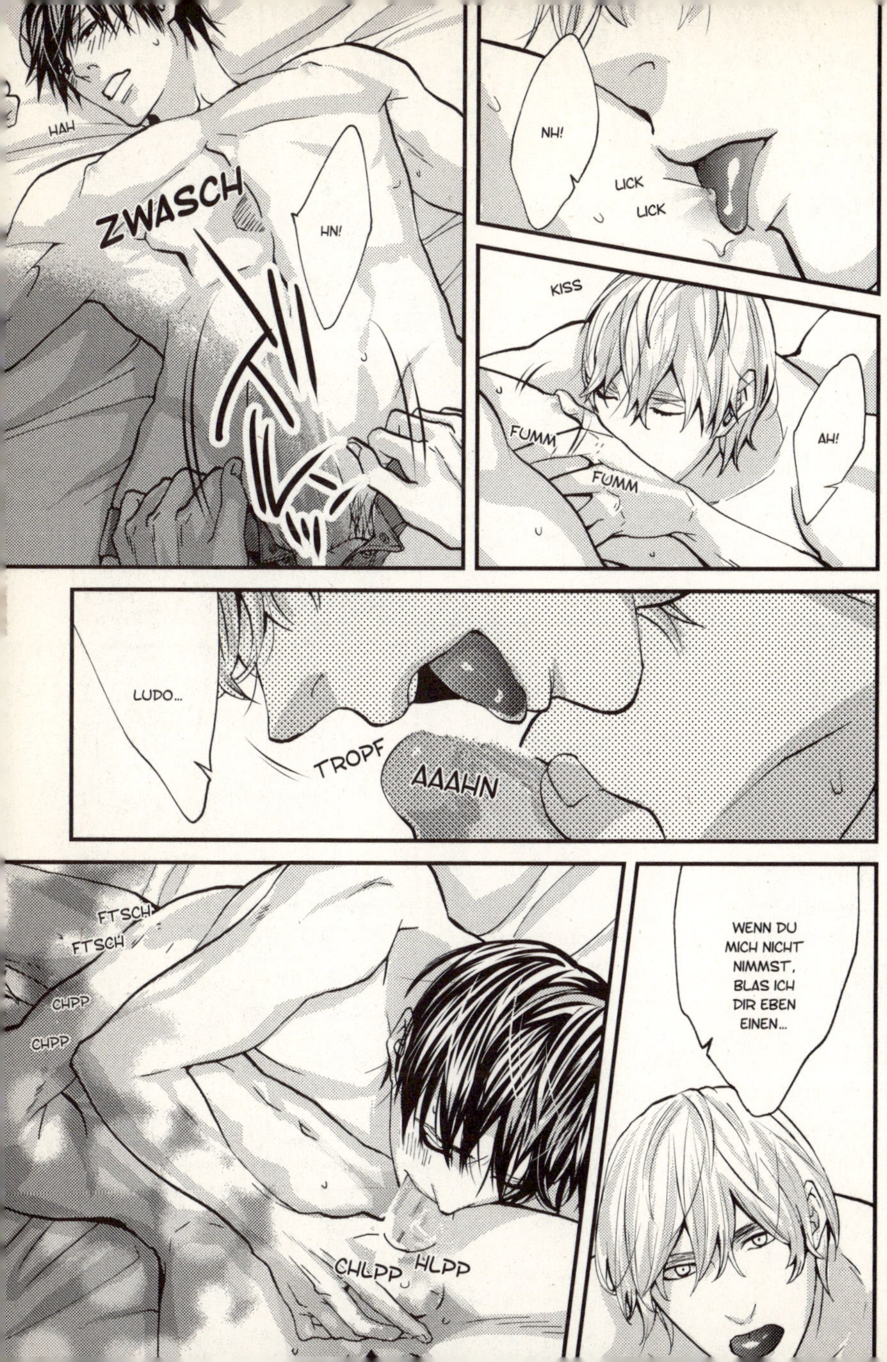
NH!
LICK
LICK
KISS
AH!
FUMM
FUMM
HN!
HAH
ZWASCH
LUDO...
TROPF
AAAHN
WENN DU MICH NICHT NIMMST, BLAS ICH DIR EBEN EINEN...
FTSCH
FTSCH
CHPP
CHPP
HLPP
CHLPP

ICH WILL IHN IN MIR...
SCHNELL...
HLPP CHLPP
NA LOS...
ABER MORGEN KANN ICH NOCH DEN GANZEN TAG MIT IHM SEX HABEN...
CHLPP
HN!
HLPP
F-T-SCH
HLPP
F-T-SCH
AH, FUCK...
I-ICH KO...
PHAH
KNEIF
NHH...
ICH KOMM GLEICH...
AH!
FWAMM
TAISEI...

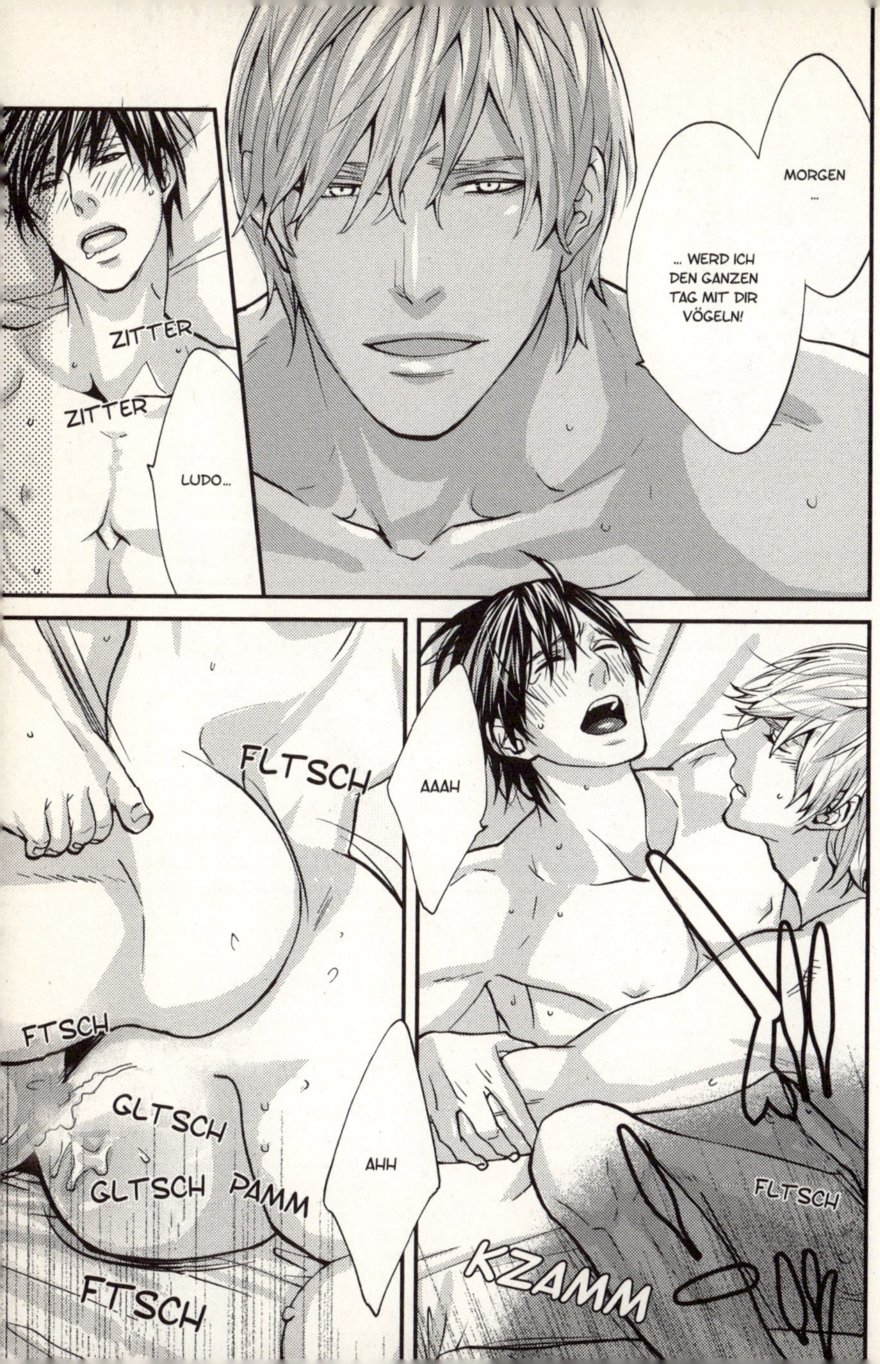
MORGEN ...
... WERD ICH DEN GANZEN TAG MIT DIR VÖGELN!
ZITTER
ZITTER
LUDO...
AAAH
FLTSCH
AHH
KZAMM
FLTSCH
FTSCH
GLTSCH
GLTSCH
PAMM
FTSCH

HAH
HAH
ICH LIEBE DICH!
MEIN TAISEI...
HAH
HAH
UHAAAH
ICH LIEBE DICH!
HAH
SLPP
HAH
ICH LIEBE DICH...
BAMM
FPP
KYAUUU
FPP
BAMM
LUDO...
ICH AUCH...
KYAUUUUU
ICH LIEBE...
... DICH...

ZAPAMM
LUDOOO ...
ZAPAMM
NHAH!
FTSCH
HAH...
ICH...
... BRAUCH ...
... EINE PAUSE.
FLTSCH
DANN MUSST DU MICH...
... GEHEN LASSEN!
AH!
DU BIST SO ENG, ICH KANN MICH NICHT TRENNEN...
ZUCK
ZAPAMM
KYAUUU
FTSCH
FLTSCH
FLTSCH
ZUCK
MORGEN WIRST DU DICH DEN GANZEN TAG SO GUT FÜHLEN!
ZITTER
AH
AAAH
WOPP
ZUCK ZUCK
ZITTER
SPRITZ
SPRITZ
WOPP
ZITTER

Montag
Lundi
TAISEI.
ICH GEH DANN MAL!
OKAY!
KISS
PASS AUF DICH AUF!
KLACK
NUR NOCH EINEN KUSS!
BTAMM

Ende

Nachwort

DANKE, DASS IHR „TRUNKEN VOR LUST“ GELESEN HABT! DA DIES MEIN ERSTER MANGA IST, LIEGEN MIR LUDOVIC UND TAISEI NATÜRLICH GANZ BESONDERS AM HERZEN. ICH BIN ÜBERWÄLTIGT, DASS SIE NUN IHREN EIGENEN BAND HABEN!

DIE WEINFLASCHE AUF DER RÜCKSEITE DES EINBANDS IST GENAU DIE, DIE LUDO IM MANGA TAISEI GESCHENKT HAT. SO WIE DER WEIN REIFEN WIRD, WERDEN AUCH DIE BEIDEN ÄLTER WERDEN UND ZUSAMMENWACHSEN.

ICH WERDE AUCH WEITERHIN MIT LEIDENSCHAFT MEIN BESTES GEBEN, ALSO BLEIBT MIR BITTE TREU! AUF EIN WIEDERSEHEN IN MEINEM NÄCHSTEN WERK!

KAYOU AMAMIYA,
SEPTEMBER 2016

SUTOPPU!

Koko wa kono manga no owari dayo.
Hantaigawa kara yomihajimete ne!
Dewa omatase shimashita!
Tanoshii hitotoki wo dozo!

Egmont Manga Chiimu

STOPP!

Das ist der Schluss des Mangas.
Fangt bitte am anderen Ende an!
Und nun genug der Vorrede,
viel Spaß beim Lesen!

Euer Egmont Manga Team

„Trunken vor Lust" von Kayou Amamiya
Aus dem Japanischen von Gandalf Bartholomäus
Originaltitel: „Dekiai kare to oishii douseichuu"

Originalausgabe:

First published in Japan in 2016 by SHINSHOKAN CO., Ltd. Tokyo
German version published by Egmont Verlagsgesellschaften mbH under license from SHINSHOKAN CO., Ltd.

Deutschsprachige Ausgabe:

verlegt durch Egmont Verlagsgesellschaften mbH,
Alte Jakobsstraße 83, 10179 Berlin

1. Auflage 2017
Verantwortlicher Redakteur: Christopher Willmann
Korrektorat: Ulrike Marotz
Koordination: Manuela Rudolph
Lektorat: Frank Neubauer
Gestaltung: Vanessa Blom
Printed in the EU
ISBN 978-3-7704-9877-2